沢部清

在日朝鮮人作家

金鶴泳の文学と思想

dZERO

はじめに

在日朝鮮人文学は、一九六〇年代に至り、金鶴泳《きんかくえい》（キム・ハギョン）の文藝《ぶんげい》賞受賞（『凍《こご》える口』一九六六年）、李恢成《りかいせい》（イ・フェソン）の芥川賞受賞（『砧《きぬた》を打つ女』一九七二年）や金石範《きんせきはん》（キム・ソクポム）、高史明《こうしめい》（コ・サミョン）らの活躍もあって、急激にその存在感を示すようになった。それら作家の大半はいわゆる在日二世で、言語はもちろんのこと日本の学校で教育を受け、育ってきたものであった。しかし、当時はまだ日本人社会の朝鮮人への偏見と差別は激しく、これに対して在日朝鮮人の側は、なによりも民族意識をしっかりと持ち、分裂状態にある祖国の統一に向けてそれぞれの持ち場で積極的に努力していくことが、この差別に打ち勝つ道であると考えられていた。

そのような中で、前述の金鶴泳（一九三八年生まれ）の作品『凍える口』が当時話題となったのは、作者が東京大学大学院の化学工学系の現役院生であったこともあるが、この作品の主人公は在日朝鮮人でありながらも、民族、祖国の問題よりまずは自分の抱えている人生に関《かか》わる問題の解決を図りたいという気持ちを静謐《せいひつ》な筆使いで述べていることであった。当時は前年（一九六五年）に激しい反対運動の末に日韓条約の締結はなったが、引き続き労働運動も学生運動もいわば高原状態にあり、この小説は、とくにこれら運動に疲れた若者たちに共感をもって迎えられた。

また当時の朝鮮半島は、一九五三年に南北間の動乱の休戦協定は結ばれたが、一触即発となりかねない小さい衝突は後を絶たぬまま不安定な状態は今日に至っているが、韓国内部でも一九六一年のクーデターで登場した朴正熙《ぼくせいき》（パク・チョンヒ）大統領による民主化運動に対する厳しい弾圧は、一九六〇年代から一九七〇年代へと続き、これらの本国の情勢は在日朝鮮人社会にも影響を及ぼした。

そんな中で、金鶴泳は、ほぼ一年に一作品ずつ文芸誌に小説を発表していた。それら作品の大半は、作者の等身大の在日朝鮮人の青年を主人公とするものであったが、それら主人公たちも、そして作者自身も、薄っぺらな共産主義的言辞《げんじ》を吐く周りの同胞学生たちや家父長的で金日成《きんにっせい》（キム・イルソン）の狂信的な信奉者である父親に対する反感もあって、いつまでも周囲の者が期待するような民族意識を持つには至らず、そのこと自体には、作者も内心悩まねばならなかった。

ただ当初は、『凍える口』に描かれたように彼が抱えていた酷《ひど》い吃音《きつおん》への苦悩は大きく、自分の中にそんな政治的関心の入り込む余地も無くしていたのであったが、その劣等感がなくなった後も、長年郷里の学校で日本人の同級生の中でもエリートとして遇《ぐう》せられてきて、習い性となっている半日本人性を自分の中で追い詰める作業は、容易ではなかった（ここでは余談であるが、後述のとおり、今日まで書かれている「金鶴泳論」の大半は、これ以前のいわば学究《がっきゅう》期の金鶴泳を対象としている）。

そんな、それまで政治に距離を置きたいとしていた金鶴泳が、一九七二年（三十三歳）に国籍を朝鮮籍から韓国籍に移行し、翌一九七三年からは、民族機関紙「統一日報《とういつにっぽう》」の論説委員として勤務を始めることとなった。右記のとおり、当時、韓国の民主化運動への弾圧に対しては、在日朝鮮人社会だけでなく、日本の言論界でも激しく非難の声が上がっている中での移籍の選択であった。統一日報社では、毎週一回のコラム欄の執筆と、不定期に文化欄の執筆（後に毎月一回）を担当した。これらの記事は時の政治的な話題に立ち入ることはなかったが、オピニオンリーダーとしての原則を踏み外すことなく、その役割を果たしていたと言える。そして小説家金鶴泳としては、それから五年間くらいに、中・短編を十作品ほど発表しており、そのうちの四作が芥川賞候補作となっている。またその中編小説のいくつかは、やはり作者自身の少年期から青年期をモデルにしたと思われる作品となっているが、それらを書き尽くした後は、作者が国籍を移行し、統一日報社勤務となって以降のことを舞台とする作品は一つも書けていないことは、注目すべきことと考える。そのためもあってか、それから四十代前半の五年間あまり、まったく小説が発表できない期間が続く。その間、書けない苦しさに酒に逃げる日々もあったようであるが、四十四歳のおりに、やっと満《まん》を持《じ》して発表した『郷愁《きょうしゅう》は終《おわ》り、そしてわれらは——』は、しかしながら、あまりに政治にもたれかかった小説であると、文壇の大方《おおかた》から無視されるという散々《さんざん》な結果に終わった。作者としては、この作品に世評にも経済的にも期するところが大きかっただけに、この結果への落胆は大きく、それからはやはり、酒を支えに生をつないでいくような日々を送っていたが、その一年少々後に四十六歳で、群馬県の実家で自死することとなったのであった。

金鶴泳を研究対象とする先行論文は決して多くないが、それらの中で、竹田青嗣《たけだせいじ》がいち早く、『〈在日〉という根拠』（初出「早稲田文学」一九八二年）において、金鶴泳文学が他の在日朝鮮人文学と違って、「吃音」、「父親」、「民族」を主題として、あくまで生きていくことに苦悩する個人を描いていることが特色であると指摘した。そこでは日本人社会の差別についても、作者にとっては闘う対象であることより、生きる上での苦悩の源泉となっているとの指摘が特色であったが、この竹田論文の影響は大きく、それ以降の大半の金鶴泳研究者にとって無視し得ない存在となった。

この竹田論文に対して、最初にそして最も鋭く反論したのは、金石範であった。金は雑誌（「すばる」二〇〇一年十月号）の対談の中で、この竹田論文について、「金鶴泳の死に政治的な要因があり、それが何であったかを、金鶴泳と政治的環境との関係の問題を竹田青嗣は書くべきなんですね」と語っている。

確かに、作者と政治環境の問題は、彼の思想の変遷《へんせん》を押さえていく上で欠かせない問題である。この指摘を念頭に置くとしても、まずはこの竹田論文が金鶴泳がまだ存命中の早い時期に書かれており、資料的にも日記などは公表されていない段階であったことや、対象としている作品も初期のいわば学究期の作品が中心となっていることを留意すべきと考える。しかしいくら一個の同じ人間でも、二十代そのままに三十代、四十代を順調に過ごせるはずがない。現に、前述のとおり朝鮮半島の政治情勢そして在日朝鮮人社会が決して穏やかではない中で、金鶴泳はその後、韓国籍を選び、その機関紙の社員として政治に関わる新たな領域での活動をも始めたのであるが、それとても、終始順調に推移したわけではなかった。

そこで、本論文においては、金鶴泳の活躍期を、作家としての活動を始めた初期すなわち学究期、韓国籍に移し統一日報への寄稿と小説執筆の両方をそれなりにこなしていた三十代後半の中期、そして作品が書けないなど、さまざまな苦悩の果てについには自死に至る四十代を後期として、大きく三つの区分により、それぞれの時期の政治環境の推移を背景として押さえつつ、彼の思想の変遷の分析を進めることとした。

その場合、本来なら日記が中核的な資料となるべきであろうが、公表されているのが限定的であることから（編集者談では三分の一程度）、資料的には日記のほかに、『金鶴泳作品集』（全二巻、クレイン、二〇〇四〜二〇〇六年）に収載されている小説、エッセイ等を補う上で、この論文作成に際して入手できた「統一日報」紙の記事等を援用《えんよう》し、可能な限り、金鶴泳の実像に迫ることを考えた。

沢部《さわべ》 清《きよし》

目次

解説

竹内栄美子

あとがきに代えて

信田さよ子

食道ガン手術／競合的関係の出発点／一九六〇年代末の学生時代／就職と大学院／こうして鍛えられた／仕事はほんの一部／退職後の大学院／山荘のロッキングチェア／リスペクトと誇り

在日朝鮮人作家　金鶴泳の文学と思想

金鶴泳

きん・かくえい、キム・ハギョン

1938年、群馬県に生まれる。東京大学工学部工業化学科を卒業後、同大学院に進む。大学院博士課程在学中の1966年、『凍える口』で文藝賞を受賞。大学院を中退し、作家の道に。『石の道』『夏の亀裂』『冬の光』『鑿』がそれぞれ芥川賞候補となる。作品の多くに、吃音者、在日朝鮮人二世という自身の等身大の青年が登場する。1985年1月4日、群馬県の実家で自死。享年46。

初めて芥川賞候補となった1974年に撮影(提供=共同通信社)

［凡例］

＊本書は、沢部清（二〇二四年逝去）による論文を著作権継承者および解説者の校訂を経て、書籍化した作品です（初出は巻末に示しました）。

＊明らかな誤りを修正したうえ、一般書としての読みやすさを考慮して再構成・編集をしています。部、章、節の見出しは編集部によるものです。

＊本文中の『　』は書目や作品名、「　」は雑誌・新聞・冊子名を示しています。

＊引用文は原典のままですが、適宜ルビを加えています。

＊文中の敬称は省略しています。

序章　思想の変遷をたどって

看過しえない課題

この数年、日韓両国間の関係が、戦後最悪と言われている。しかし、振り返って考えてみよう。両国間の関係が良好な状態というのが、どれくらいあっただろうか。今から思うと、今世紀初めの、韓流ブーム、そして日韓合同で開催したワールド・サッカー大会の頃の友好ムードのことになるのかもしれないが、その直前までも、日本人の歴史認識問題をきっかけに両国間はことにギクシャクしており、教科書問題へと発展していたことは、まだ記憶に新しいところである。

そして、この友好ムードにしても、日本人が朝鮮人[*1]に対し歴史認識を改めたからではなかった。多分に、この直前に就任した金大中《きんだいちゅう》（キム・デジュン）韓国大統領が、韓国の文化発展のためにも門戸開放と未来志向の関係構築をと呼びかけたのに対し、日本人の側もすぐさま友好的な雰囲気に傾《なだ》れこんでしまったのである。

元々学校でまともに歴史を教えられていなかった若者は、仕方がないのかもしれない。しかし、つい昨日まで朝鮮人を街で差別し、就職で差別し、妓生《きしょう》（キーセン）遊びに淫《いん》していた大人たちが、それこそ何ら歴史を振り返るという機会もないままに友好を唱える奇妙さと危なっかしさは、当時から心ある多くの大人が危惧《きぐ》していた。文禄《ぶんろく》・慶長《けいちょう》の役《えき》[2]とまで言わないにしても、五十年余り前までの植民地体制の下で、日本人が何をやってきたかくらいは、きちんと学習すべきことであった。だから足下の土壌がもやもやのままで手入れもしないで、安直に上に建造物を作っても、ちょっとした揺れであってもすぐに壊れてしまうというのは、容易に想像がつくことであった。そして、今また、いくつもの地方自治体で罰則を伴うヘイトスピーチ規制法を制定しなければならないという事態にまで至っている。[3]

近年、労働市場への圧迫を理由に、国内からの少数民族の排除という動きは欧米の国々でみられたことであるが、米国トランプ大統領の登場により一層露骨に人種差別の色彩をも帯《お》びるようになった。

日本の右翼思想もこれに軌《き》を一《いつ》にしている部分もあるが、もう一つ訳があって、「天皇を頂点とする単一民族国家」と唱える以上、日本民族の中に少数民族、異民族が混在することは許せないのである。*4

帰化については、以前にはいろいろな条件があったが、一九八五年の国籍法の改正でそれも大幅に緩和されている。とくに、出生時には父系、母系どちらの国籍も選択が可能となったこともあって、その後は、在日朝鮮人の帰化者も多くなってきているが、それでも自らの在日朝鮮人としての歴史とアイデンティティに照らし、帰化することに踏み切らないものも少なくない。今日、在日三世、四世はそのさなかにあるが、それは、一つには、いくら帰化を慫慂《しょうよう》されても、この日本社会に入ってしまったら、そこが少数民族の文化を

＊1―本文では、出自が朝鮮半島である人の総称として、在日の人を含め朝鮮人と呼ぶ。ただし国籍が明瞭な人については韓国人と称する。
＊2―一五九二年に始まる豊臣秀吉による朝鮮出兵。朝鮮側はこれが日本による朝鮮侵略の起点と見ている。
＊3―大阪府、京都府、東京都のほか川崎市等いくつかの地方自治体でそれぞれ規制法を準備している。
＊4―二〇二〇年、麻生太郎《あそうたろう》副総理（当時）発言「日本は二〇〇〇年にわたって同じ民族、ひとつの王朝が続いている」。また、日本における単一民族論の歴史については、小熊英二《おぐまえいじ》『単一民族神話の起源』（新曜社、一九九五年）に詳しい。

尊重し、共存できる成熟した社会とは思えないことであり、もう一つは言うまでもなく、自らのアイデンティティに照らしても、自分の民族が日本社会との関係で辿《たど》ってきた歴史に対しどう心理的に決着をつけるかが、看過《かんか》しえない課題であるのだ。

差別と在日朝鮮人文学

戦時中に日本の炭鉱等で役務につくために来日していた朝鮮人は、一九四五年の終戦時には二百万人を超えており、その大半が直後に一斉に帰国しようとしたが、六十万人を超える人が様々な理由で帰国しそびれ、在日朝鮮人となったことは、よく知られるところである。[*5] このほかに、詩人金時鐘《きんじしょう》（キム・シジョン）のように、[*6] 戦後、四《よん》・三《さん》事件を逃れ、済《さい》州島《しゅうとう》（チェジュド）より渡来した者等を含め、在日一世を形成するが、そのほぼ全員が可能ならば、再び祖国へ帰りたいものと考えていたことであろう。いち早く日本で文学活動を始めた金達寿（キム・ダルス）ですら一九四六年の初め頃までは、自分も時がきたら、当然に朝鮮に帰るものと考えていたという（金達寿『わが文学と生活』青丘文化社、一九九八年）。

彼らの日本語の熟度は人によってまちまちであったが、朝鮮の生活習慣や言葉は肌をもって身に着けており、自らのアイデンティティが自民族の祖国にむけられることに何の疑いもなかった。しかも戦後しばらくの間の、日本国家が在日朝鮮人にして放置した無権利状態や差別的な状態は、戦前からの経緯からすれば許せるものでなく、[*7]加えて、日本人社会は、植民地時代と何ら改めることなく朝鮮人差別の言動を繰り返していた。しかしまた、絶対的と思っていた祖国が南北の分裂状況にあることは、個々人に複雑な思いをもたらしたのみでなく、在日朝鮮人社会にも影響しないわけにいかなかった。

在日二世となると、ことはもっと複雑になる。年代に複雑な思いをもたらしたのみでなく、在日朝鮮人社会にも影響しないわけにいかなかった。よって若干の違いはあるが、まずは大半が朝鮮語は喋《しゃべ》れない。そしてまた大半が日本の学校で教育を受けているので、言葉も思考様式も日本人のそれを身に着けている、というか着けざるを得なかった。

しかし、そんな彼らも一九七〇年代までは日本社会の差別意識がまだ激しい中では就職、結婚といった日本社会への参入の門戸も閉ざされていることもあって、自己の民族に

＊5―「内務省警保局調査による朝鮮人人口」によると、二一〇万人であった。水野直樹・文京洙（ムン・ギョンス）『在日朝鮮人』（岩波新書、二〇一五年）による。
＊6―金時鐘は一九四九年六月に済州島四・三事件の弾圧を逃れ、来日した。
＊7―植民地体制下では様々な義務を負う「日本臣民」とされていたものが、戦後しばらくの間は「戸籍法の適用除外者」とされて、参政権もなかった。

こそ生きる道と生き甲斐《いがい》があるのだと考えるのも、当然のことであった。とくにそのころはまだ、北朝鮮の方が、南の韓国より経済発展が先んじていて人々の生活がより豊かであり、言論の自由さから言っても、南の朴正熙体制の弾圧状況に比べると北の方がはるかに自由が保障されているとの情報が伝えられていた。一方、東西冷戦下ではアメリカとその手先の日本の保守政権が、まだ弱体の北朝鮮を隙《すき》あらば押しつぶそうとしており、これを跳ね返すことが在日同胞の使命と考えられていた。だから民族意識をしっかりと持ち、北朝鮮を中核とする祖国の独立と統一のために身を挺《てい》することこそが、在日二世の若者、学生にとって選ぶべき道と信じられていたのである。

やはり二世作家の朴重鎬（パク・チュンホ）の小説『消えた日々』（青弓社、一九九五年）に、当時の青年の恋人との会話に次のような一節がある（朴重鎬は李恢成と同じ一九三五年生まれである）。

「帰国した〈留学同〉のかつての仲間たちはみな、とても充実した毎日を送ってるらしいんだ。希望どおり専攻する学問を続けているらしいし、学んだものを将来、差別されることなしに、祖国と人民のために役立てることができるのがなによりも嬉《うれ》しいんだって」

小説の時代背景は、一九六〇年代の初めになっている。青年に案内された大学祭の展示でも、北朝鮮は千里馬《チョンリマ》の勢いで人民経済は飛躍し、地上の楽園となっていると誇示している。そして結局、逡巡《しゅんじゅん》する恋人をおいて卒業とともに青年は北朝鮮へ発《た》って行ったが、その時代の大きなうねりの中での帰国運動の実情、北朝鮮の実態が見えてくるまでには、しばし時間がかかる。ちなみに、在日二世の代表的な作家である金石範《きんせきはん》（キム・ソクポム、一九二五年生まれ）も李恢成《りかいせい》（イ・フェソン、一九三五年生まれ）もそのころには、作家業の傍《かたわ》らで在日の北朝鮮系の組織である朝鮮総連に所属、勤務していた。そのような中で、金鶴泳《きんかくえい》（キム・ハギョン、一九三八年生まれ）が、一九六六年に小説『凍《こご》える口』で文藝《ぶんげい》賞を受賞し、文学の世界で知られる存在となったのである。

金鶴泳の登場

『凍える口』の受賞は、いろいろな意味で当時の話題となったようである。作者が在日朝鮮人で、東京大学の化学系の大学院生であることもその一つであった。しかし、そのようなことよりも、上述のとおり在日朝鮮人であるからには民族意識を明確に持ち祖国の独立と統一に向けて積極的に行動すべきであるという雰囲気の中にあって、この小説の主人公は生への悩みを抱える自分としては、民族の事よりも祖国の事よりもまずは自己の抱える問題の解決をはかることを先にしたいと、決して大声でなく静かに語るのに多くの読者が共感を持ったのであった。

金鶴泳の小説に感動したのは、もちろん在日朝鮮人だけではなかった。そのころの日本は、国内外の政治体制、労使関係、大学をはじめとする教育機構等について、戦後二十年を経てその再構築を図ろうとする保守陣営に対し、それまでも反対陣営は労働組合や言論人などを味方に懸命に抵抗を重ねてきたが、その激しい抵抗にもかかわらず、直前の日韓条約の締結（一九六五年）に至るまで、その反対運動は大半が実を結ぶことはできなかった。そして当時、敗北を重ねる中では、ますます運動への献身と忠誠を求められ、そのような運動のありように疲れた者、あるいは一歩退いた者は、「内向の文学[*8]」を好んで読んだようであったが、それに通じるところのある金鶴泳の小説に同じ魅力を見出したのである。

金鶴泳に前後して、在日二世の作家が一時に日本の文学界に登場して、日本文学界に、在日朝鮮人文学の一群が存在感を示す時代が到来したのであった。もちろん在日朝鮮人文学としてはそれ以前から、上述の金達寿等在日一世の作家が活躍を始めており、いくつかの短編小説にくわえ、一九五三年に完結した彼の小説『玄海灘《げんかいなだ》』は、一つの頂点を示すものであった。この金達寿について、川村湊《かわむらみなと》は評論集の中で、次のように書いている。*9

金達寿の文学が、「在日朝鮮人」を代表し、それを表象し、代行するものであることは、こうした彼の「自分自身」＝在日朝鮮人という、きわめてナイーブな自己と民族のアイデンティティーの幸福な一致に根拠を持っている。在日朝鮮人の「私小説」が在日朝鮮人文学にほかならず、それは在日朝鮮人が自らの自画像を描いたものにほかならない。（略）

自らのことを書けば、それが自ずと「在日朝鮮人」の苦難の歴史を語ることになる。在日一世のそうした強固な思い込みは、「在日朝鮮人文学」というジャンルを成

＊8―内向の世代の文学者としては黒井千次《くろいせんじ》、古井由吉《ふるいよしきち》、後藤明生《ごとうめいせい》等があげられる。皆、金鶴泳と同世代である。

＊9―川村湊『生まれたらそこがふるさと』（平凡社、一九九九年）。なお、ジル・ドゥルーズ、フェリックス・ガタリの『カフカ』（法政大学出版局、一九七八年）においても、マイナーの文学の性格として同趣旨のことを挙げている。

立させるためには、ある意味では必要な経緯であったといえるかもしれない。

川村湊は、この文章に続いて、金達寿を継ぐ後継者として、在日二世の作家たち、金石範、李恢成、金鶴泳、李良枝（イ・ヤンジ）の名前をならべている。しかし、それは半分はあたっているが、半分は正確ではないと言わざるを得ない。

このうちの金石範や李恢成については別途論じるとして、金鶴泳や李良枝の場合は、むしろ「自己のアイデンティティ」と「民族のアイデンティティ」が容易に一致せず、反《そ》りがあわないところに彼らの苦悩があり、[*10]文学がある。これについては後述することとして、とにかく一九六〇年代の後半から一九七〇年代には、いっせいに在日二世が活動期を迎えることとなる。中でも、金石範はこのころには済州島四・三事件周辺のできごとについていくつもの短編小説を書き、後の『火山島』につながることになる。李恢成も一九七二年には『砧《きぬた》を打つ女』で芥川賞を受賞し、その後も、在日や朝鮮半島を舞台とする『見果てぬ夢』等を執筆するが、さらにこれを超えて『流域へ』、『百年の旅人たち』等、地球規模で朝鮮民族の歴史とアイデンティティを求める作業に向かう。

金鶴泳はこれらに対し、とくに李恢成は年齢も近く、先に芥川賞の受賞者でもあるので、その後も何度も日記に記すように、気にしないわけにいかない存在であったが、ほとんど没交渉のまま自分の文筆作業を進めることとなる。

さて、金鶴泳は上述のとおり二十八歳で文藝賞を受賞して以降、ほぼ一年に一作品の割で、文芸誌に中編小説を発表している。まだ大学院生という学究《がっきゅう》生活を兼ねていたせいもあるが、生涯通じて寡作《かさく》な彼としては平均的なペースといえよう。しかし、いくら小説以外に随筆等の執筆機会があったにしても、これでは生活費には追い付かない。しかも彼は二十五歳の大学院生のときにすでに結婚をしており、このころには二人の子供がいた。そのために、金鶴泳が嫌う金日成を信奉し、嫌悪していた父親に、結婚当初から経済的に依存し続けていたわけで、その依存状態が彼が死ぬまで続くことをここでは押さえておかなければならない。

そのような金鶴泳が、国籍を韓国籍に移す申請手続きを行ったのは、一九七一年一月のことであった（手続きは一九七二年四月に完了した）。公表されている日記には、長男を、自分

＊10―金鶴泳の自己のアイデンティティとナショナル・アイデンティティの相克《そうこく》については、朴裕河（パク・ユハ）「暴力としてのナショナル・アイデンティティ」『ナショナル・アイデンティティとジェンダー』（クレイン、二〇〇七年）に詳しい。

の嫌っている金日成の系列の小学校には入学させたくない、ということのみを記述しており(「金鶴泳日記抄」一九七〇年十二月三日、『凍える口——金鶴泳作品集』)、それ以外の国籍移行の理由は記していないが、不仲とはいえ経済的には世話になっている父親の反応は気にしていた。ちなみに、当時は金石範も李恢成もまた金達寿も、みな朝鮮籍としていた時代である。

この時期、朝鮮半島はまだ決して穏やかな状態になっていない。南北間の動乱は一九五三年に休戦状態に入ったが、とくに韓国側ではその後も体制が安定せず、一九六一年のクーデターで朴正熙政権となった後も、南北両国間では一触即発となりかねない小競《こぜ》り合《あ》いが続いていた上に、国内での民主化運動の弾圧も厳しいものであったことは日本へも伝わっていた。在日の間でもそれは無関係ではあり得ず、このような時期に、以前は政治から遠ざかりたいとしていた金鶴泳が、どうして、あるいは、どれほどの自覚の上で韓国籍を選んだのかは、不明である。

とにかく、韓国籍となった金鶴泳は、それが自然な流れであったかのように、その二年後には、在日韓国人向けの機関紙を発行する統一日報社の社員となり、やがて在日韓国人のオピニオンとして、「統一日報」のコラム欄や文化欄の定期執筆者の役割を果たすこととなった。同時にまたその仕事は、後々には少々重荷なときがあっても、寡作な彼にとっては貴重な定期的な収入源として放り出すわけにもいかなかったのだ。

このころ、つまりは三十代の半ばから四十歳にかけては、十作品あまりの中・短編小説を文芸誌に発表している。寡作には違いないが、そのうちの四作品が芥川賞候補作となっており、見ようによっては充実した制作期間であったと言えよう。しかし『鑿《のみ》』（一九七八年）のあとは、五年間ほどまったく小説を発表できない期間が続き、日記の記述にも書くべき小説の構想がまとまらないことに苦悩する記述がだんだん増えてくる。

あとは、かつて韓国大使館員に勧められた、北朝鮮系のスパイについての話を小説化することしか残っていなかったが、こちらも、今まで「政治」から遠ざかっていたために容易なことではなかった。しかし大変な苦労の末に、一九八三年にやっと小説として、『郷《きょう》愁《しゅう》は終《おわ》り、そしてわれらは――』の題で雑誌「新潮」に発表できたときには、もうこれで後はないという思いであったのであろう。当時の日記には、この作品で芥川賞が取れる、取れないと経済的にも困る、という自信と不安が同居する心境を記している（同、一九八三年十二月十四日）。

しかし、結局、この作品は、芥川賞の候補作になることもなかった。期待が大きかっただけに、落胆も大きかったのであろう、翌年には短編小説を一つ発表した（『空白の人』）だけで、あとは日記に酒に苦悩を紛《まぎ》らわす日々の記述がますます増えてくる。

そしてついに翌年（一九八五年）正月四日、群馬県新町《しんまち》（現高崎市）の実家で、自死を遂げた。この時点で、当時、統一日報に連載していた小説『序曲』は中断することになったが、のちに東京の自宅の机上に小説『土の悲しみ』の原稿が発見され、同年の雑誌「新潮」七月号に遺稿《いこう》として発表された。

「政治」との交流を押さえながら

金鶴泳に関する先行研究論文、評論等は決して数多くはない。日韓のいくつかの大学の修士論文等でかつて「金鶴泳論」として書かれたものを除くと、何冊かの「在日朝鮮人文学論」のなかに一章を割き、金鶴泳文学を論じているのが大半である。

そのような中で、竹田青嗣《たけだせいじ》は『〈在日〉という根拠』（初出「早稲田文学」一九八二年）でいち早く、金鶴泳文学が他の在日朝鮮人文学と違って、「吃音《きつおん》」「父親」「民族」を主題として、あくまで生きていくことに苦悩する個人を描いているのが特色であると指摘した。この竹田論文の影響は大きく、あとに続く大半の論者にとって無視しえない存在となった。

しかし今日、我々は、竹田がこの論文を発表したのは、まだ金鶴泳が存命中で、資料的にも日記などはもちろん公表されていない、などの制約があったことも考慮する必要があろう。また、これも時間的な制約のせいか、竹田の論評は、金鶴泳の学究期、つまりは初期作品を対象として論理を組み立てており、国籍移行以降の作品にはほとんど触れていない。そして竹田の影響を受けているせいか、後続の論者にもそれらの作品は、「(沢部注・初期作品の)これまでのモチーフを繰り返し描き深化を図った」とのみ、みなされているのである(櫻《さくら》井《い》信栄《のぶひで》「金鶴泳論」、「社会文学」第二十六号、二〇〇七年六月)。

この竹田論文に対し、最初に最も鋭く異論を唱えたのは、「座談会昭和文学史XX 在日朝鮮人文学」(「すばる」二〇〇一年十月号)での作家金石範ではなかったろうか。[*11] 金は、出席者の一人小《こ》森《もり》陽《よう》一《いち》が「竹田青嗣の批評は、在日朝鮮人作家が日本の読者に突きつけてきた社会的、政治的な問《と》いの刃先《はさき》を囲い込んで見えなくしてしまったのかもしれません」と発言したのを受け、竹田論文について「金鶴泳の死に政治的な要因があり、それが何であったかを、金鶴泳と政治的環境との関係の問題を竹田青嗣は書くべきなんですね。(略)濃い政治的環境にあったのは事実ですよ。それを書くのが、批評家の文学的責任ですね」と、発言している。さらにまた、金鶴泳の自死に関連し、それが統一日報に新聞小説『序曲』を連載しはじめた翌年に自死したことから、「彼も政治の犠牲者だと私は思っています」

＊11―座談会出席者は金石範、小森陽一のほかは井上ひさし、朴裕河である。

とも述べている。

自死の原因云々《うんぬん》は改めて考えるとしても、金鶴泳と政治環境の問題は、やはり彼の思想の変遷を押さえていく上でも欠かせない問題であると考える。とくに国籍を韓国籍に移して以降の彼の政治環境との交流を押さえないと、それ以降の作品が、以前の「反復」でしかないということになり、またさらにそのあとの長い不振期は、「創作への行き詰まり」であり、「アルコール依存症による精神異常に陥っていった」ことによって自死したという解釈しか成り立たなくなり（朴正伊「金鶴泳の「自殺」原因をめぐって」「日本語文学」第四十一輯、日本語文学会、二〇〇八年）、何の解明にもなっていないのである。

よって、本論文では、金鶴泳が小説家として活動を開始して以降、その死に至るまでの思想の変遷を「政治」との交流を押さえながら、辿っていく必要があると考える。それがまた、現代においても様々な局面で回答を曖昧《あいまい》なままに折り合いをつけることですましてきている個人のアイデンティティと「組織」の、あるいは国家の求めるアイデンティティとの関係について考える一助になると思われる。

そのために、以下、金鶴泳の活動期を、初期すなわち学究期、韓国籍に移し「統一日報」への寄稿と小説執筆の両方を始めた三十代後半の中期、そしてさまざまに苦悩し自死に至る四十代を後期として、大きく三つにわけ、それぞれの時期の彼の思想の変遷の分析を進めることとしたい。

その場合、本来ならば日記が一番中核資料と位置付けられるのであろうが、公表されている日記は、部分的でしかも記述が断片的なものが多く、彼の思考が体系的に示されるものとしては小説等の彼の作品ということとなる。もちろん、主人公の考え、述べるところを作者の実像に安直に重ねることは戒《いまし》めねばならないが、多くの小説にあっては、主人公は作者の等身大の人物が設定され、その代弁をさせているものと考えていいのではないだろうか。

そこで、以下各時期の代表的な小説を二、三ずつ重点的に分析し、そこに同時期の小説あるいは他の媒体に発表された作品も援用《えんよう》しながら、各時期の彼の思考の特色を掌握《しょうあく》したい。

さらに、在日朝鮮人小説家としては、金鶴泳と同じ在日二世であるが、金鶴泳より若い世代である李良枝、金城一紀《かねしろかずき》、深沢夏衣《ふかさわかい》らがおり、続いて今日では三世の深沢潮《ふかざわうしお》ら多数が活躍している。

上述のとおり、三世四世と経るにしたがい、帰化、国際結婚も重なり、日本社会との融合も増える中で、在日朝鮮人作家の境界、あるいは定義そのものも難しくなっている。当然、彼ら自身のアイデンティティを求める作業も複雑さをますわけで、少なくない作家が自分が在日朝鮮人作家であることと決別したことを公言している。ここでは、そのような中でもなお在日朝鮮人作家として自らのアイデンティティを志向する作家について、終章において、考察の対象としたい。

第一部

初期から学究期の小説

——『凍える口』から『まなざしの壁』まで

第一章　『凍える口』に見る初期の思想

二十八歳で文藝賞

金鶴泳は、一九三八年に在日一世の両親のもとに、群馬県新町《しんまち》（現在は高崎市新町）で生まれ育ち、高校時代までこの地で過ごした。父親は商才があり、戦後この地で料理店そしてパチンコ店等を経営していた。金鶴泳はペンネームで、本名は金廣正（キム・クァンジョン）であったが、高校時代まではもっぱら通名の「山田」を用いていたようである。

小説『凍《こご》える口』が文藝賞《ぶんげいしょう》を受賞したのは、前述のとおり、一九六六年金鶴泳が二十八歳のときで、当時彼は、東京大学大学院化学工学系博士課程の学生であった。本人の述べるところによると、大学は理工系に入学したのだが、二年生のときに志賀直哉《しがなおや》の『暗夜行《あんやこう》路《ろ》』を読み、文学の魅力に取りつかれ、その後、大学の専門課程は化学工学系に進みながらも、作家の道を目指すこととなる（随筆『出会い』、『土の悲しみ――金鶴泳作品集Ⅱ』五八五頁）。この『凍える口』の直前には小説『途上』という作品を書き、校内の同人誌「新思潮」に投稿していたが、文芸誌に投稿し、評価、掲載されたのはこれが初めてであったことから、一般的にも『凍える口』をもって処女作とされることが多い。

その後金鶴泳は、大学院に籍を置いたまま、ほぼ一年に一作のペースで中編小説を文芸誌に発表し続ける。そして一九六九年に大学院を中退したのちは、とりあえずは不定期なアルバイト収入と父親からの支援により作家生活者となる。つまりは、終生この世の中の「実業の世界」に一度も足を踏み入れることがなかったことも確認しておく必要がありそうである。

ここでは、主に金鶴泳が大学院に籍があった時代の最初の小説『凍える口』と最後の作品である『まなざしの壁』の分析によりこの期の特色を押さえることとしたい。

『凍える口』の主題

小説の主人公は、作者と等身大の在日二世の東大大学院生の崔圭植《さいけいしょく》で、語り手〈ぼく〉として、彼の研究室で三カ月に一回順番が回ってくる各自の研究の中間報告会の一日について記述される。圭植の平素からの最大の悩みは重度の吃音《きつおん》を抱えていることであり、しかもそれは、大勢を相手に話すときなど精神的に強い緊張状態に置かれると、一層酷《ひど》くなることであった。この報告会についても、その予感から何日も前から周到に準備と対策を講じてきたのであるが、結果的にはその甲斐《かい》もなく、発表は一段と酷い吃音のために時間も大幅に延長するなど、散々《さんざん》な結果となった。言いようもなく打ちのめされ、惨《みじ》めな気分に陥った〈ぼく〉は、その帰り道、慰撫《いぶ》を求めて、自殺したかつての親友磯貝《いそがい》の妹の道子を訪れるのであった。

この小説『凍える口』のみを俎上《そじょう》にのせた論文は、ほとんどない。しかし、作家金鶴泳を対象とした論文の大半は、この『凍える口』に依拠《いきょ》して書かれているのが実情である。というのも、この小説が処女作ではあるが、上述のとおり作者と等身大の在日朝鮮人の青年が、孤独の中で、時折襲う死への誘いに立ち向かいながら生の苦渋に立ち向かう姿が静謐《せいひつ》な筆遣いで描かれており、作者の代表作として、またきわめて特色ある在日文学として評価されたからである。そしてまた、この小説には、上述の竹田青嗣《たけだせいじ》の指摘する金鶴泳の作品の主要な主題とされる民族意識、吃音、父親のいずれもが扱われている。

とくに、吃音と民族問題については、竹田は次のように関係づけて述べている。

> 彼においては、〈吃音〉に由来する世界への違和感がまず端緒の問題として成育期の自意識を巡ったということが決定的であり、したがって「民族問題」はそのあとでやって来た問題だったのである。
> （略）だから、金鶴泳のような資質にとって、この問題（沢部注・民族問題）は非常にやっかいな、幾重にも屈曲した問題として現われざるを得なかった。なぜなら、彼にあっては自分を〈社会〉（あるいは「世の中」）と積極的に関係づけるということ自体が、どこかうさん臭いものと感じられていたからである。（竹田青嗣『〈在日〉という根拠』ちくま学芸文庫、一九九五年）

竹田の金鶴泳の評価の基調は、概《おおむ》ね以上のとおりである。初期の金鶴泳の理解には、これで事足りるのかもしれない。しかし後述のように、後日の、在日朝鮮人の機関紙の編集委員としての活躍ぶりを見ると、金鶴泳全体を論じるためには、これにとどまらないで別の角度からの金鶴泳を想起する必要がありそうである。

またこの小説を読んで気づかされるのは、民族問題と言いつつも、主人公本人がかつて民族差別に遭《あ》ったことがあるという記述は、まったくないことである。在日朝鮮人が被った迫害として、外国人登録証の不所持の場合の「非人道的な罰則規定」について述べているが、これも電車の中で本によって得た知識に過ぎない（『凍える口』、『凍える口――金鶴泳作品集』三五頁）。この小説が書かれたころ（一九六六年）の日本人社会の在日朝鮮人に対する差別はまだ相当酷く、高度経済成長期にあったにもかかわらず大半の在日朝鮮人が貧困状態に置き去りにされたのも、就労への門戸が閉ざされていたからであった。そのような中でも主人公が、つまりは作者が「差別と貧困」から遠ざかっていたのは、やはり父親の経済力に与《あずか》るところが大きかったのであろう。

小説の主題とされる主な項目は、以下のとおりである。

民族意識が希薄な青年

発表当時この作品が評判となったのは、前述のとおり、この時代に「在日朝鮮人ではあるが、まずは個人としての生き甲斐《いがい》を重んじる、民族意識が希薄な青年」を主人公とした小説であるということであった。現に作品中でも、主人公崔圭植は、下宿先の日本人の主人にまで、民族意識が希薄であることを指摘されたことを慨嘆《がいたん》している（『凍える口』、『凍える口――金鶴泳作品集』五六頁）。しかし、圭植自身は、「日本で生まれ、そして幼稚園から大学まで、ずっと日本のそれを通ってきたぼくは、朝鮮から離れたところで、あるいは隔絶されたところで、育ってきた。自然ぼくは朝鮮のことに疎く、また民族意識も希薄だ」

（同、三四頁）と、その理由を釈明している。

確かに、作者金鶴泳にしても、どれほど自覚していたかは不明だが、前述のとおり高校まで群馬県の小都市で成績が優秀で、父親の商才のおかげで潤沢《じゅんたく》な家庭に育った身であれば（また通名で過ごしてきたこともあったかもしれない）、朝鮮人差別の強い波は受けなくて済んできたのであろうし、結果的に朝鮮人としての民族意識も希薄なままに過ごしてきたこともあり得ることである。

では、その民族意識とはそもそもなんであろうか。金鶴泳は、作中の圭植にこのように語らせている（同、三九頁）。

真の民族意識とは何か、ぼくはわからなくなる。自分の子が他人の子に苛《いじ》められたときに感ずるであろう怒り、それと同類のものなのだろうか。だとしたら、それは誰にもあるところの、一つの本能にすぎず、それを仰々《ぎょうぎょう》しく民族意識、あるいは愛国心といって喧伝《けんでん》するのは、排他心を強調することにほかならず、それは、ぼくには、ひどく空《むな》しいことに思われる。

つまり、日本人社会より差別を受け、迫害されることにより自分が朝鮮人であることを意識することになるということは、被害者側あるいは劣る側としての意識を民族意識として持つことにほかならないというのである。だからそんな気持ちを持ちながら、電車の中で朝鮮関係の本を読むことは、「ひどく億劫《おっくう》」で、「このうえもないほどに、憂鬱《ゆううつ》なこと」であったのである。

なお、これと同趣旨の「負」の民族意識の考え方については、これより五年あとになるが、一九七一年に反政府活動の政治犯として逮捕された在日朝鮮人の留学生であった徐勝（ソ・スン）が、ソウルの法廷に立った際に陳述した中にも覗《うかが》われる。

日本にいる僑胞《きょうほう》は韓国人としての意識をもってはいても、それはどこまでも基礎的なものにすぎず、差別されるが故《ゆえ》に自らが韓国人であることを感じ、意識する。逆にいうならば、積極的意味での真の民族意識を自覚し得ないでいるのです。[*1]

つまり徐勝も、上述のとおりの日本社会の激しい差別のなかで在日朝鮮人として誇りをもって生きていくことが険しい以上、被害者の立場で感じる「負」の民族意識しか持ち得ないという見解を語ったものであった（なお、同時代の在日朝鮮人ではあったが、あとにも金鶴泳にはどの媒体にも徐勝に触れた記述がまったくないのは、彼がのちに韓国の体制側オピニオンとして身を置くことになるせいであろうか)。

ところが実は、圭植と徐勝の表現が類似なのはここまでで、徐勝の法廷陳述は上記のあとに続けて、以下のとおり「積極的民族意識」について述べているのである。

積極的民族意識というのは、自国の文化、歴史、伝統、言語その他すべての事柄を深く理解し、認識し、それらを愛し誇りとすることであり、そして実際に豊かな統一された、世界に誇るに足る祖国をもつことであり、さらには全民族的一体感を確固とし、紐帯を強めることであります。

これに対し、圭植には、つまりは金鶴泳にはこの時点ではまだ、在日朝鮮人社会という集団あるいは組織の内側に立って、その「積極的な意味」の民族意識を探し求めるという意識はなかったのであろう。彼のアイデンティティの拠《よ》って立つ基盤は、たとえ孤立して

＊1―徐勝『獄中19年』(岩波新書、一九九四年)。徐勝はソウル大学留学中、一九七一年に「北のスパイ」として逮捕され、死刑判決を受けた。その後減刑されたが、政治犯として十九年間、獄中に置かれた。

も、民族ではなく自己のうちにあるという発想からすれば当然の帰結である。

　この小説が執筆される前後の在日朝鮮人社会をめぐる社会情勢、政治情勢は、この徐勝の逮捕（一九七一年）をはじめとして、決して穏やかなものではなかった。小説の中では、圭植の大学入学時に同級生磯貝と初めて口をきいたときに話題にされた小松川《こまつがわ》事件[*2]は、作者金鶴泳が大学に入学した直後の一九五八年に起きたものであった。小説のその会話の中で圭植は、次のように語る。


「（略）普通の日本人は、なんだね、あの事件の表面だけを見て、その裏の、複雑な背景を見ようとはしないね。朝鮮人はやっぱりたちが悪い、などと思っているのが多い」（『凍える口』、『凍える口――金鶴泳作品集』五六頁）

ちなみにその事件当時の作者の日記は公表されていないため、この事件について作者の本当に思うところは推測によるしかないが、作品中の圭植の発言は、同じ世代の在日朝鮮人の若者の感想としては、いかにもおざなりあるいは通り一遍《いっぺん》という気がする。

　時を同じくして、韓国においては一九六〇年四月のクーデターで李承晩《りしょうばん》（イ・スンマン）が退陣し、のちの朴正熙《ぼくせいき》（パク・チョンヒ）体制につながる。他方、一九五九年より北朝鮮系の朝鮮総連（在日本朝鮮人総聯合会《そうれんごうかい》）と日本赤十字社の鳴り物入りで在日朝鮮人の北朝鮮への帰還事業が始まり、延べ九万三千人以上が帰還している（一九六〇年の帰還者には金鶴泳の妹たちも含まれるのだが、この小説にはまったく触れられていない）。

ただし、圭植は、北朝鮮については「体制」に便乗しているにすぎない口先だけのエセ共産主義者の多い国であるという嫌悪感を、研究発表会の日の帰り道で出会った活動家の金文基（キム・ムンギ）への感想を通じて述べているということは、この時点ですでに作者金鶴泳は、北朝鮮の内情についてそれなりに情報を得ていたということであろう。

このエセ共産主義者、つまりは「政治を除いたら何も残らないような干からびた共産主義者」（同、八九頁）である金文基のような「政治的人間」に対する嫌悪感は、一義的には、北朝鮮に対する拒否感につながるのであるが、一九六五年の日韓条約の締結以前には六割を超える在日朝鮮人が朝鮮籍にあり（水野直樹・文京洙『在日朝鮮人』岩波新書、二〇一五年）、作者自身を含め周囲の人間関係もすべて北朝鮮サイドにあったことからも、北朝鮮

＊2――一九五八年、在日朝鮮人の十八歳の少年李珍宇（イ・ジヌ）が東京都立小松川高校の女子生徒ら二人を殺害した事件。死刑判決を受けた。

への嫌悪がすなわち朝鮮全体への拒否ということになっても、やむを得ないところであった。

しかし、圭植はそんなこと、つまりは政治や民族問題より何よりも、自分にとって一番重い問題は、吃音の問題であると言い切るのであった。

「吃音こそが明確な闘争の対象」

崔圭植の吃音の悩みは、この小説の全篇に流れている。ただし、この小説では、この相当重度の吃音が、いつのころから、何をきっかけにそのようなことになったのかについての記述はない。圭植の人生にとって吃音者であることは、一つの与件《よけん》なのである。そして、彼が、吃音者であることの悲哀を様々な角度から語るのであるが、その第一は、他人との意思疎通が思う通りにできないということであった。

言葉によってしか人は人と意思を交換できず、その言葉をいちいち吃《ども》らずにはいえないということは、そして思うことを思うとおり伝えられないということは、それが不便なことでなくして何であろう。いや、それはもう不便なというようなものではない。それはもはや一つの、しかし吃音者にとってはほとんど全部を占めるところの、

深い悲しみである。（『凍える口』、『凍える口——金鶴泳作品集』二二頁）

だが、彼は自分が吃音者であることを、嘆いているばかりではない。誇り高い一流大学の大学院生にとっては、吃音はそのエリートとしての誇りと両立しがたいものであり、自分でも認めるわけにいかないのだ。

吃音者は、自分が吃音者として理解されるのを拒《こば》む。吃音者としての自分は、いわば仮りの自分、嘘《うそ》の自分であって、本当の自分は吃りではない、自分から吃音を除いた部分、その部分の自分こそ本当の自分であると思うゆえに、吃音者は、ぼくは、自分が吃音者として理解され、吃音者として遇《ぐう》せられるのを、拒否する。むしろ、吃音者として遇せられることを、屈辱と感じ、嫌悪する。（同、四九頁）

一般的に言って、からだに不自由な部分を抱える人が、これさえなければと思うであろう心情は、想像がつかないでもない。また、他人から安直な同情の目で見られることを拒否する気持ちもわからないではない。しかし、他人から「吃音者として遇せられることを、屈辱と感じ、嫌悪する」とまで述べられると、その辛《つら》さと生き難《にく》さは、他人が踏み込めない領域と考えるほかはない。
そして、吃音が〈ぼく〉にとって今、人生の最大の課題であることが、別の角度から次のように語られる。

ぼくにとっては吃音こそが明確な闘争の対象であり、労働者が賃金引き上げのために闘争するように、朝鮮の同胞が圧政に抵抗し、民族の真の独立と平和的統一のために闘争するように、それと同じようにぼくは吃音と闘争するのであり、ぼくを抑圧し、ぼくを潰滅し去らんとばかりに重くのしかかっている吃音があるかぎり、それはぼくにとって唯一の、そして最大の闘争相手なのである。（同、二六頁）

このように、崔圭植は、自分にとって民族問題よりも何よりも吃音は重く大きな問題なのだと言い切っているのだが、これは、小説執筆当時の作者金鶴泳自身の心境でもあったことが、当時の日記に、繰り返し吃音にまつわる苦悩の言葉が記されていることでもわかる。例えば、まさにこの小説を執筆中の一九六五年十一月二十二日の日記には、

今月一日から、朝のひとときを吃音矯正《きょうせい》のための時間にあてているのだが、それ

にもかかわらず、このところ、妙に吃音が昂《こう》じている。今日もまた、研究室で、ひどく吃った。吃音者の悲哀を、今日も、しみじみと舐《な》めさせられた。

と、記しているが、その少しあとには、「吃音をなおさなくてはいけない。吃音であるかぎり、自分は全《まった》くだめな人間である」（十二月四日）と書くほどに、重くのしかかっていたのであった。

政治問題、あるいは民族意識といったものは社会の大きな問題かもしれないが、差し当たって自分にとっては、この吃音の苦悩が一番の、そして最大の優先順位の課題であるというのである。しかし、研究発表会で吃音のため惨めに打ちのめされた〈ぼく〉は、慰撫を求めて愛する道子のもとに行くことができたのに対し、磯貝は、同様に吃音の悩みを抱えるのだが、生前そういった女性、愛情を捧げてくれる女性を得ることができなかった。それが、この世に彼を引きとどめられなかった一因であると、圭植は考えるのであった。

親友の自死

磯貝新治は、大学入学時に同じクラスとなり、また直後のクラスでの自己紹介のときに圭植は彼が自分より重度の吃音者であることを知った。そして、初めて会話を交わしたときに、今まで会った日本人と違って、「君は、（略）……朝鮮人なんだね」と無造作に言ってのける態度に、「彼は普通の日本人のような、朝鮮人に対する特殊な感情は持ち合わせていないのかも知れない」（同、五六頁）と感じ取り、それをきっかけに磯貝と急接近し、親しく付き合う関係となった。

だがそれよりも圭植が自分でも言うとおり、磯貝に近づいていったのは、彼が自分より一層酷い吃りだったからということにほかならない（同、五八頁）。〈ぼく〉は磯貝と話すときは、少しも吃らなかったというように、磯貝と一緒にいることは、居心地のいいことであったのだ。「こうして、〈ぼく〉は磯貝の前では、吃ったことはなかった」。このことについて、圭植は次のとおり告白している。

そして、後になって知ったのだが、彼は遂に、ぼくが彼と同じ吃音者であることを、知らずに死んでしまったのだ。これは、ぼくには、いま考えてみても、じつに奇妙な、驚くべきことに思われる。（同、五八頁）

この告白については、磯貝の自死の後の圭植の思いとして、次のように付け加えられている。

――君は吃りなんだね。ぼくも吃りなんだ。

一度ぐらい彼にそんな言葉をかけてもよかったかも知れない。いや、かけるべきだったかも知れない。だが、ついぞその言葉はぼくの口から洩《も》れなかった。吃音者にとって、自分で自分の吃音を告白するのは屈辱以外の何ものでもなかったし、況《いわ》んや吃音者に対して、「君は吃りなんだね」などということは、その吃音者をして辱《はずか》しめ、心を痛ましめる以外の何ものでもなかった。（同、六一頁）

読む者はしかし、この圭植の言い訳めいた言葉を、そのまま受け止め難いのではなかろうか。もっと意地悪く言えば、自分よりも重度の吃音者を前にした圭植の居心地の良さを想像せざるを得ない。のちに磯貝が自死したのは、吃音の苦しみが最大の理由であるとは言わないにしても、吃音のために孤独に追いやられた磯貝を放置したことを、圭植も悔《く》いなければならない。現に、磯貝は遺書の中で、次のように記していた。

君は、俺が吃りだということを、それもかなりひどい吃りだということを、知っている。知っていてついぞそれに触れなかったのは、それは俺に対する憐憫《れんびん》と同情のせいだということも、俺は知っている。その憐憫と同情はわかるのだが、そしてそれを有《あり》難《がた》いと思わぬわけではないのだが、しかし、同時に、一方ではやはり、それを寂しく思ったことも事実だ。俺の吃りを傲然《ごうぜん》と指摘し、嘲笑《ちょうしょう》する人間にこそ、俺はむしろ逢《あ》いたかったと思う。（同、七一頁）

ここに、かつて磯貝は圭植が朝鮮人であることをさらりと言ってのけ、二人は急速に親しい関係がなり立ったのに対し、吃音の問題を圭植は最後まで触れることなくすましてしまったことについて、「沈黙は時に暴力である」ということを、作者は、朴裕河（パク・ユハ）の指摘を俟《ま》つまでもなく分かっていたということであろう。朴は、後に書かれた金鶴泳論の中で、

磯貝を殺したのは崔の沈黙だったと言っていい。崔は磯貝の前で正常人のふりをすることで磯貝を抑圧し、そのことでかろうじて少しばかり強者となり得たのである。

（「暴力としてのナショナル・アイデンティティ」『文学年報1　文学の闇／近代の「沈黙」』世織書房、二〇〇三年。『ナショナル・アイデンティティとジェンダー』クレイン、二〇〇七年所収）

と、「〈触れない〉ことが、相手の属性を〈劣性〉」と、雄弁に位置付けているのであることを指摘した。

しかし圭植は、上述のとおり、それを言われた場合には屈辱感につながりかねないという、指摘される側の心情を勘案した場合、どちらが正しいという答えは出し得なかったと考えるべきかもしれない。

磯貝が、大学一年生の秋に自死へと進むことになったのは、これまでぎりぎり生の淵《ふち》を歩み続けてきたが、もうこれ以上生きていてもおおよそ生きていく価値のあるものは見出せないという結論からであるが、そこには、幼いときから、両親の不仲、というより、父親の母親に対する日常的な凄《すさ》まじい暴力によって醸《かも》し出される暗く陰鬱《いんうつ》な家庭環境の中で育ってきたことも、大きく影響しているのであった。

ところで、このような理不尽に暴力的な父親像というのは、在日一世に特有のものとしてよく知られているように、李恢成《りかいせい》（イ・フェソン）の『人面の大岩』（一九七二年）や、とくに梁石日（ヤン・ソギル）の『血と骨』（一九九八年）には、強烈に暴力的な父親が登場する。そして、金鶴泳の小説にあっても、のちに書かれるいくつかの作品では、作家の実生活のとおり、父親は始終母親に凄まじい暴力を振るい、子供たちは部屋の隅で怯《おび》えながら暮らさねばならなかった凄惨《せいさん》な家庭が描かれる。しかも、その家父長的な振る舞いで家族を抑圧し続けた父親は、作者の場合は長《ちょう》じたあとも、存在感を緩めることはなかった。

本作品では崔圭植の両親は夏休みの帰省時に顔を見るといった程度で、そのように理不尽な暴力的な父親は磯貝の父親として登場している。

なお、本作品に限らないが、金鶴泳の小説においては、父親の暴力に苛《さいな》まれる母親の方は、大抵の場合その暴力を忍《しの》ぶばかりで、性格や出自についてもほとんど触れられることはない。父親に比べ母親の存在感が薄いのは、そんなところにも理由があるのだろう。


このように、磯貝が自死に至った事情を、残された遺書によって知るというのは、夏目《なつめ》漱石《そうせき》の『こころ』と同じ様式である。作者は、圭植の分身として磯貝を設定した。

二人とも作者と同じように地方都市出身で学業成績は優秀だが、重度の吃音に悩み、生き続けることへの苦悩に年中苛まれねばならなかった。これに加えるに、主人公崔圭植の方は自分が在日朝鮮人であることとの民族意識の持ち様に悩む姿が付加されるが、本作品においては周辺からの民族差別を受ける様子は描かれていない。それに対し、磯貝の方の状況としては、作者と同様に幼時から父親が母に対し年中暴力を振るう暗く陰惨な家庭に育たねばならなかったことに加え、圭植より一層酷い重度の吃音を抱え、ついには自死するに至るという、圭植の抱える生の苦悩にさらに極端に苛まれる青年として描かれる。

つまり、磯貝は圭植の分まで生の苦悩を抱えて、死の世界に赴《おもむ》いたのであった。こんな磯貝に対し、遺書を読んだのちに、圭植は、磯貝が自死を思いとどまり、なお生き続けるためには彼にも女性の愛の存在があったらば、と思い巡《めぐ》らすのであった。

「親友の妹」の存在

道子は磯貝の妹で、磯貝の死後しばらくして東京の大学に入学し、今は出版社に勤務している。道子の上京後は、圭植と互いの下宿を行ったり来たりする仲となったが、二つ年下の道子は今やすっかり成熟した女性となっている。この日も、研究発表会で吃音により無様《ぶざま》な結果となって打ちのめされた圭植は、その慰撫を求めて道子の住まいに向かうのであった。

ただ一人の兄をなくした道子には、兄の親友だった圭植は唯一の信頼を寄せられる相手であった。それは圭植にも同様で、磯貝の死後、親友らしきものもいない身にとって、道子だけが自分を無条件に受け入れてくれる相手であった。二人がそのような仲となった理由を、圭植は次のように述べている。

磯貝の死という、いわば生の亀裂、あるいは生の断面を垣間《かいま》見せられた時点で出会い、知り合ったからであろうか。そのために、二人の奥深いところで、何かを共有しているという意識があったからであろうか。（『凍える口』、『凍える口――金鶴泳作品集』、九六頁）

二人が親密になるきっかけは、そうであったかもしれない。そして今や自然に肉体関係を持つことが愛の確認行為となり、いずれ「夫婦になるであろう」と思っているのだが、圭植の道子に対する考えは、以下のとおりであるというのである。

ぼくが吃音者であることや、朝鮮人であることなどは、道子には問題とならなかった。たとえばぼくが朝鮮人であることの意味を、道子がどの程度理解しているのかは、わからない。が、道子はもともと、そのようなことに思いを馳せること自体、すでに無意味だというふうに考えている様子だった。道子はぼくに純粋に一人の人間を見ており、国籍などは、人間を表面的に類別するための単なる符号にすぎず、末梢《まっしょう》的な事柄でしかない、というようであった。（略）ぼくと道子とは、いわば、どこか存在の根源的な地点において、互いに理解し合い、愛し合っていた。（同、九六頁）

なんとも不思議な、理解に苦しむ台詞《セリフ》である。これをどう解釈したらいいのだろう。よほど楽天的ということでなければ、圭植の（そして作者金鶴泳の）強い自信のなせるワザと理解すべきであろうか。圭植自身も先に、「人と人との関係の媒介をなすものは、言葉である。（略）言葉によってしか人は人と意思を交換でき」ないと述べているにかかわらず、吃音者で在日朝鮮人であるという、圭植にとってもっとも根源的な問題について言葉にして確認することはないままに、そんなことは道子には「どの程度理解しているのかは、わからない」けれど、それは「無意味だというふうに考えている様子だった」と勝手に推測をして、胡坐《あぐら》をかいていられる根拠は、何だろうか。二人が言葉の要らない境地で、肉体を触れ合うことによって得られる一体感を究極の愛情の境地と圭植は考えているが、それ自体は間違っていないにしても、そこに至るまでの言葉の積み重ねによる道を踏み固めていないと、いくら肉体の触れ合いを重ねても、その熱気と余韻が消えた後には寒々とした空気しか残らないことを、やがて二人ともに感じ取ることであろう。

いや、やがて、ではなくて、じつは圭植はすでにこの日の行為の最中にそのことを感じなければならなくなっている。

道子の頰《ほお》に頰をすり合わせ、固く小さい身体を抱き締め、ガスの噴出音と外の木々のざわめきに耳を澄《す》ませながら、ぼくは包皮と包皮とのみをすり合わせ、遂に真に触れ合わすことのできぬ人の心と心を思い、永遠に孤独なその心の中に、風に揺れる大木の彼方《かなた》の冬の寒空が、冷えびえと果てしなくどこまでも拡《ひろ》がっているのを、一瞬感じた。（同、一〇三頁）

そしてそのあと、道子の下宿からの寒い凍り付いた夜道を歩みながら、圭植は次のような思いを抱くのであった。

なぜか妙に寂しく、心寒い気持だった。ふと道子のところに引き返そうかと考えた。すると、そんなことじゃあだめだよと、もう一人のぼくがいった。引き返しても同じだよ、といっているようだった。（同、一〇三頁）

確かに、もし生の深遠な孤独の世界を道子と分かち合うことを望むとしても、それは無理なことだということは、圭植もわかっている。だが、吃音者で在日朝鮮人であることの生き辛さを率直に打ち明けられる圭植であったらば、二人の関係はもう少し違った展開になったことであろう。

しかし、このように、この小説は終わる。圭植は先に、磯貝に女性の愛があったらば、彼は生の世界に引き留められたのにとの思いを述べた。そこには、自分は、道子の愛を勝ち得ているという自負があったからだ。だからおなじように際《きわ》どい生の淵に立っていても、自分はその淵から落ちないで済んでいるというのだ。だが、それは寒々とした、実に頼りないものでしかないことは、圭植にもわかっていたのではないだろうか。

この作品が書かれた一九六六年は、戦後二十年あまりにあたり、日本社会はその二年前の東京オリンピックの実施を機に大急ぎでとにかく目につく外観を近代化したが、続けて高度経済成長を動力にあらゆる分野での近代化を進めようとしている最中であった。これに歩をあわせて戦後教育を受けた世代の側も、充分には咀嚼《そしゃく》できてはいなかったが、時の流れの中でとにかくも机上で学んだ社会主義理論を武器として、学生運動、労働運動に決起した時代であった。

在日朝鮮人も、苦労しながらも従前からの在日社会を維持してきた一世に加え、このころには戦後教育を日本で受けた二世が、徐々に数を増してくる。しかし日本社会の近代化に在日社会は一歩も二歩も取り残されるなかにあって、この二世世代が観念的に憧《あこが》れる北朝鮮の共産主義は、一世の信奉する権威主義的な金日成《きんにっせい》（キム・イルソン）主義と奇妙に重なることになるのであった。

作中、圭植は自分の吃音の悩みはあまりにも大きくて、民族問題は二の次になってしまうのだと述べているが、作者にとっても、このように声高に民族勝利を言い放す同胞の在日社会には、自らのアイデンティティの拠《よ》り所《どころ》とすることに二の足を踏むことになってもやむを得ないと考えざるを得ない。

第二章
『緩衝溶液』『遊離層』『弾性限界』に見る青春像

科学用語の三作品

『凍《こご》える口』の文藝《ぶんげい》賞受賞は、もちろん大きな喜びであったが、それでもって作家としての道が確約されたわけではなかった。もともと、作品を書くたびに何度も推敲《すいこう》することを常としていて、それが生涯寡作《かさく》となった理由の一つでもあるのだが、次作『緩衝溶液《かんしょうようえき》』もその例にもれず、おまけに編集者より、もとは四百六十八枚あった原稿を百枚程度縮めるように要求されたことも加わり、『緩衝溶液』が雑誌「文芸」に掲載されたのは、一九六七年七月号となった。そしてその後も、一年で一作品のペースで『遊離層《ゆうりそう》』（一九六八年）、『弾性限界《だんせいげんかい》』（一九六九年）といった作品が、雑誌掲載されることとなる。

これらの作品では、かつて竹田青嗣《たけだせいじ》が、金鶴泳の小説の主題であると論じた「民族」、「父親」がそれぞれ扱われており、これに主に「吃音《きつおん》」を中心的な主題とした『凍える口』を加え、初期の作品群となっている。以下、本章においては、これら作品に述べられている「民族」、「父親」の問題と、それらとも深く関《かか》わっている「女性＝恋愛」の問題を重点にテーマごとに分析を進め、金鶴泳の謂《い》わば学究《がっきゅう》時代ともいうべき時代の像に迫りたい。

また、これら三作品は、共通していずれも小説の題名を科学用語としている。日記によると、これらの題名も小説推敲の途上で、二転三転の上、確定しているようであるが、この後にはそのような例は見られない。これらの小説執筆時までは化学系の大学院に籍を置いていたことと関係があると考えられる。

実は、これらの作品と接するかたちで、続けて『まなざしの壁』が執筆、掲載されているのであるが、この作品は初期の金鶴泳を総括するような内容となっており、別途論じることとしたい。

通称名と「半日本人性」

通称名の問題は、作者金鶴泳のこの時代における「民族意識」を考える上で、象徴的な問題と言っていいのではないだろうか。

改めて言うまでもなく、通称名は植民地時代の創氏改名の名残《なごり》である。宗主国日本は、朝鮮支配を貫徹するために朝鮮の伝統的な家制度を断ち切ることを目的に、日本式の氏名に改めることを強要した（改正朝鮮民事令、一九三九年）。しかし朝鮮人にとって名前は、単なる呼び名ではなく一族の出自を表す重要なものであり、朝鮮本土においては戦後解放時に植民地文化を一掃するために誰もがいち早く元に戻したものであったが、在日朝鮮人の中には、日本人社会での商売の便宜等のためにそのまま通称名として使い続ける者もいた。金鶴泳の父親もその例で、一家はずっと「山田」という通称名を使っていたこともあって、作者も次のような経験をしたことを、『緩衝溶液』の主人公申敏彦に語らせている。


入学手続きのときに、僕が何のためらいもなく「美川敏彦」と書き込んだ書類をさしだしたとき、

「これはあなたのお名前じゃないでしょう？」

と中年の事務局員が不審げに言った。

「あなたは申さんでしょう？」

「ええ、それはそうですが――」本名は申だが、美川という通称名でいままで通して

きたのだということを事務局員に話すと、

「そうした通称名を使用することは本学では許されませんから、これからは申敏彦さんということに統一して下さい」

とその事務局員は答えた。

それ以来、僕は「申」と名乗ることになった。一度も使ったことのない姓であるだけに、しばらくの間変な気持だった。まるで他人の服を無理やりに着せられたような、ちぐはぐな感じだった。（『緩衝溶液』、『土の悲しみ――金鶴泳作品集Ⅱ』一八頁）

作者の場合も、高校時代までずっと通称名を使ってきたためにこのような体験をすることになったのであるが、このように、自分が朝鮮人であることを外側から無理やり自覚させられる体験は相当大きな衝撃であったようで、その後もいくつかの小説や随筆でも触れている。だが他方では、下宿の表札替わりに貼《は》った名刺にかっこ書きで通称名を入れたり、高校時代の友人たちとは通称名で付き合うことに気楽さを覚えるとか、まだそこに作者の「半日本人性」を引きずっていることが見られるのである。

しかし、だんだんに通称名を使うことが、民族意識のバロメーターであることを自覚し、また問題視するようになる。これは自分自身に対してだけでなく、在日の同胞についても、のちに評論などの場で、民族意識をちゃんと持って通称名を使うことを繰り返し諌《いさ》めている。

さらには、金鶴泳というペンネームについて、この少しあとに書かれた随筆の中で、本当は朝鮮語ではキムハギョンと読むのが正しいのだが、これをキンカクエイと日本式に読む方が、「自分という人間の、内実を象徴しているようでふさわしいと思う」（随筆『一匹の羊』、『土の悲しみ――金鶴泳作品集Ⅱ』五五三頁）と無意識のうちにも自らの中途半端な民族意識＝半日本人性を告白している場面にも出会うのである。

関東大震災との対峙

作者が大学に入学した一九五八年は、朝鮮民主主義人民共和国の創立十周年に当たり、また、休戦協定から間もない本国の余韻もあって、学内においても北朝鮮系と韓国系の学生同士の諍《いさか》いは絶えなかった。そのためにこの年の大学祭への取り組みを進める準備会合も紛糾《ふんきゅう》したが、結局共同で在日朝鮮人問題を大学祭の展示テーマとすることが決まり、そのうちで敏彦は「一九二三年の関東大震災と朝鮮人迫害」を分担することとなった。このときの体験を、『緩衝溶液』の主人公敏彦を通じ、次のように述べている。

僕がなんらかの朝鮮人問題について、自分からすすんで文献を漁《あさ》り、調べたのは、そのときがはじめてであった。そのときの経験は僕にかなりの衝撃を与え、いわば白紙の上に落ちた一点のインキの如《ごと》く、その後いつまでも僕の中に鮮やかな印象を残すことになった。

（略）その迫害を身を以《もっ》て直接に体験してきた人たち、その迫害のゆえに瀕死《ひんし》の重傷を負い、失明し、手足をもがれ、あるいは肉親の誰かが目前で虐殺されていった経験をもつ、いわゆる「朝鮮人一世」たちの怒りと悲しみは、どのようなものであるだろう。（略）すでに何十年となく日本に住んでおりながら、しかしなお自身を決して日本の中に同化させようとしないその姿勢は、思うに、いまなおそれらの人々の胸の奥底に消えずに残っているその怒りのせいかも知れない。（『緩衝溶液』、『土の悲しみ――金鶴泳作品集Ⅱ』四八頁）

それまで祖国朝鮮に関する体系的な知識がなくて、いきなり身に着けた知識がこのようなものであったならば、前述の「負」の民族意識しか持てないとしても、やむを得ないとしか言いようがない。

しかし他方では、この先敏彦は、そして作者本人も周囲から幾度も日本への帰化を勧められるのであるが、こんなにも日本が好きでありながら、決して同意することがないのは、このような経験も影響しているせいであろう。友人に何故《なぜ》帰化しないのだと訊《き》かれたときも、次のように自問自答している。

僕は帰化しようとしていない。なぜ？――それが自分でもわからないのである。歴史のせいだろうか？（略）（沢部注・関東大震災の中で）朝鮮人であるという、ただそれだけのために祖国を追われ、迫害と屈辱を受け、そして虐殺されていった無数の朝鮮人たちの、歴史の彼方《かなた》から聞こえてくる、あの苦悶に充《み》ちた「声なき声」のためであろうか？

――俺たちのことを忘れないでほしい。朝鮮人なるがゆえに受けねばならなかった俺たちの苦しみを、悲しみを、忘れないでほしい。（略）

僕は帰化しようとはしない。――なぜ？　いかなる理由によって？　いわば骨の髄まで「日本文化」が浸透している僕のごとき人間が、にもかかわらず依然として朝鮮人であらねばならない根拠は、一体どこにあるのか？（同、八〇頁）

ここでは友人に対し、「日本人に帰化しても朝鮮人であることに変わりはないから」

と、帰化しても差別は受け続けることに変わりはないからと答えているが、本心ではたとえ日本文化に愛着を覚え、民族意識が希薄で、おまけに北朝鮮の共産主義、韓国の反共の双方に嫌気がさしても、それは作者金鶴泳には朝鮮人であることをやめる理由にはならないというのである。若き金鶴泳の中には、朝鮮人としての誇りを捨てて日本人社会に入っていくという行為を潔《いさぎよ》しとはしないという思いがあったのである。

若き金鶴泳が直面した「政治」

（一）一九六〇年四月十九日の学生騒乱

一九六〇年春に行われた韓国大統領選挙で、現職の李承晩《りしょうばん》（イ・スンマン）大統領が大がかりな不正を行ったことに対し、怒った学生たちがソウルをはじめいくつかの町で蜂起《ほうき》し、結果的に李承晩を退陣に追い込むことはできたが、そのデモの制圧過程で学生側に百八十人を超える死者が出た。

この事件については、他の場所では政治に関わりたくないと述べている作者には珍しく、『緩衝溶液』の中で、主人公敏彦を取り巻く政治情勢について相当に詳しく記述している。このように主人公と政治の関係あるいは朝鮮半島の南北問題について細かに記述している作者の小説は、後に、「統一日報」に連載することになる小説『序曲』のほかには例はないのではないだろうか。それはまず、新聞で事件について知った当日の敏彦の様子から始まっている。

その四月のある晴れた日の昼下がり、僕はある亢奮《こうふん》にとらえられて実験に身が入らず、合い間をぬすんで工学部四号館の研究室を抜け出し、大学構内の池を見下ろす丘に来て立った。（略）その平和な光景を目にしながら、しかし僕は異様に亢奮していた。寒いわけでもなく、気分が悪いわけでもないのに、身体が震え、歯がカチカチと鳴った。（『緩衝溶液』、『土の悲しみ――金鶴泳作品集Ⅱ』七四頁）

そして、その記述の後に、新聞に掲載されているソウルでの、一九六〇年四月十九日に学生が蜂起して李承晩大統領を弾劾する流血事件の詳細が語られるのであるが、それに続いてもう一度、前の場面に戻る。

大変なことが起った。それにちがいはなかった。池を見下ろす丘の上に立ちながら、僕はただわけもなく亢奮し、ガクガクと身を震わしているばかりだった。もどかしい。そのもどかしさは、しかし、手を下そうにも下しようのない、海の向こうの出来事ということからくるもどかしさとも異なっていた。仮りにそれが、自分がすぐ参加できる場所において起ったとしても、僕は同じようにもどかしさの念に襲われたにちがいない。大変なことが起った。しかしその中には、大変なことが起ったと思わなければいけないという、実感の伴わない義務感のようなものが混じっているようだった。（同、七六頁）

これらの記述のうち、前半の部分はすんなりと受け止められる。遠く離れた祖国であっても同胞同士が、国の体制をめぐって流血事件を起こしていることに、骨の髄から動揺し亢奮することがあったとしても、ごく自然な反応であろう。しかし、後半では「実感の伴わない義務感のようなものが混じっている」と、それを打ち消している。デリケートなところだが、普通、「実感の伴わない義務感」から、そんなにガタガタ身を震わせるほどに亢奮することができるものであろうか。どうにも不自然に感じられて仕方がない。

ここは、ガタガタと身を震わせても当然の場面である。それが、一般的な反応であろう。また逆に、祖国のことではあるが、どうにも実感を伴って受け止められないということがあるとしても、それはこの作者の場合はありうると、納得のいくものである。しかし、その双方ということになると、入学年次より二年しか経《た》っていない六〇年争議を四年生の春と設定したことを含め、歴史的事件を記述しながらも、人為的なものを感じざるを得ない。

　このあと、小説では、この韓国の四・一九動乱に対するアピールをめぐって、在日の北朝鮮系と韓国系の学生同士の激しいやり取りの様子や、敏彦自身はその対立から一歩距離を置き、醒《さ》めた目で推移を見ているしかない様が語られる。いずれにしても、この小説を執筆した一九六七年頃には、だんだんに在日朝鮮人として民族の一員であることの埒外《らちがい》で生きていくことの限界を思い知らされることになっていったのである。

(二)金日成主義と父親

作者金鶴泳の、とくに母親に対し始終理不尽な暴力をふるい、家中を暗く陰惨なものとしていた父親の全体像が描かれるのは、このあとの小説『錯迷《さくめい》』からで、『遊離層』に描かれる父親は、在日一世の強烈な家父長的な父にして金日成《きんにっせい》（キム・イルソン）の信奉者の姿であった。

　前述のとおり、この時期には日本社会が高度経済成長を享受していたにもかかわらず、いまだに差別と貧困状態のままにあった在日朝鮮人たちが、北朝鮮においてはそれを脱して同胞たちの夢の国の建国を指導しているという金日成を信奉するのは当然のことであった。北朝鮮の国内事情についての情報はまったく遮断されているせいもあったが、在日一世の封建的な父親世代や周囲の学生たちにも、実情はわからぬままに、北朝鮮の共産主義社会は、批判を超える理想の国であると認めることを作者は強要される。もちろん、その観念的な押し付けはむしろ作者を、心情的にも「政治」から遠ざけるだけであった。

恋愛の障壁

金鶴泳の作品の中で、これら初期の作品のみでなく、中期、後期を問わず、作品の最後まで女性との恋愛関係が破綻《はたん》することなく、幸せな結末となっているのは、辛《かろ》うじて前述の『凍える口』の道子との関係だけである。あとは、主人公の男の想いを他処《よそ》に、『遊離層』に端的にあるように、女性の方が、（本人または親の言う）主人公が朝鮮人であることを理由に、去っていく結末となっている。

主人公にとっては、女性から突き付けられるその理由は、どうにもならない絶対的な障壁で、あとは敗北感に打ちのめされるだけであった。当時の日本人社会ではまだかなりの部分で、就職問題とともに恋愛問題においてもその差別をいかんともしがたいものとみなされていたことも事実であった。しかし、本当に主人公の男たちには落ち度はなく、いかんともしがたいものであったのだろうか。『遊離層』の主人公貴映は、別れを告げてきた文子に次のように言う。

「ぼくたちの間で話されなかったことが、一つあるね」

（略）中学のとき以来十年におよぶ文子とのつき合いの中で、その「宗像貴映こと朴貴映」の問題だけは、一度も話されたことがなかったのだ。むろん、文子は彼が朝鮮人だということを知っている。不思議なのは、知っていながら、「朝鮮」とか「朝鮮人」という言葉が、一度も文子の口から洩《も》れなかったということだ。彼も言わなかった。なぜなのか。口にする機会がなかったのか――。文子は俺が朝鮮人だと納得したうえでつき合っていたはずだ、と彼は思っていた。（『遊離層』、『土の悲しみ――金鶴泳作品集Ⅱ』一三五頁）

実は、これとまったく同じ科白《セリフ》を後述の『まなざしの壁』の中でも見ることになる。いや、我々がこの科白に既視感をいだくのは、小説『凍える口』の中でも、主人公圭植が道子に対し、やはり同じように、自分が朝鮮人だと改めて口に出すことはしないという叙述を見ているからである。先にも引用したように、朴裕河は、女性が〈触れない〉ことにより、相手の属性を〈劣性〉と思い知らせているのだと解明した（朴裕河『ナショナル・アイデンティティとジェンダー』三六四頁)。その側面もあることは、否定しない。しかし、男の側は一方的に「沈黙の暴力」の被害者なのであろうか。

ここでもいみじくも自分で述べているように、男の方から「自分は朝鮮人なんだ」と、言葉を発した気配はなく、一方的に、そんなことは相手はすでに分かっていることだと、済ませてしまっているのである。それは、単なる思い込みという次元の話ではない。この国籍の件に止《とど》まらず、どの主人公も自分から思いを込めた言葉を発することはしないのである。どの主人公も、そして作者金鶴泳自身も、愛を、女性から愛されることをあんなにも渇望《かつぼう》していながら、相手が去っていく間際《まぎわ》まで自分からは愛の言葉一つもかけることなく、去っていくのをすべて国籍の理由に帰してしまうのであった。

先に、『凍える口』を雑誌に掲載するにあたり親類筋からの意見があって、作者は、小説の中の在日朝鮮人問題についての記述はもっと減らした方がいいのだろうかと、雑誌編集者に相談したところ、「それでは肝心の部分が抜けてしまう」という答えを得て、大いに意を強くしたようである(随筆『凍える口のこと』、『悲しみの土――金鶴泳作品集Ⅱ』六〇八頁)。そのせいか、次の『緩衝溶液』では主人公に、この時期に作者の考える民族意識について真正面から思うところを述べさせている。

この時期、すなわち一九六〇年代から七〇年代の初頭にかけては今から振り返ってみても、日本社会も朝鮮半島も政治的、社会的事件が続く激動期であったが、それだけに在日朝鮮人社会の若者も旗幟鮮明《きしせんめい》にそれぞれの持ち場で活動に加わることが求められていた。

しかし金鶴泳はそうはしなかった。自分の内なる半日本人性は、大学入学時以降徐々に否定すべきものとの認識は強めていったが、それに代わるものがない空疎《くうそ》なままで、活動に立ち上がることはできなかった。自身のアイデンティティの拠《よ》るべき場を確定できない以上、思想的徘徊《はいかい》を続けるよりほかはなかったのである。

第三章　『まなざしの壁』と金嬉老事件

学究世界との決別

作者金鶴泳本人はたぶん意識していなかったものと思われるが、この作品は、そのあと韓国への国籍の移行手続きを行う前の最後の作品である。つまりは、作者初期の最後の小説ということである。そう思って読むせいか、この小説の中には、これまでの作品で述べられてきたいくつかの事柄を総括し、今後の生き方に踏み出す決意を感じさせるものがある。

実際作者は、この小説を執筆中に東大大学院博士課程を中退し（一九六九年三月）、学究《がっきゅう》の世界と決別するとともに、専門の化学工学を生かした日本企業への就職は断念し、本格的に作家業に専念することを決意している。また同時に意識面においても、この作品を通じて、自らの在日朝鮮人として持つべき民族意識のありようについて考察を深めている。

この小説の主人公は、当時の作者と等身大の在日二世の大学院博士課程の李寿永である。寿永は夏休みを利用して、以前にも来たことがあるF鉱泉に投宿するが、この作品において、そこでの経験を含め、日本人から受けた差別の「まなざし」について考察する。また、ちょうど一年前に起きた、日本中を震撼《しんかん》させ、作者にも少なからず衝撃を与えた金《きん》嬉老《きろう》（キム・ヒロ）事件についても、寿永を通じその思いを語っている。

書くことのカタルシス

この小説の始めの部分で、唐突に吃音《きつおん》について触れている。ここでは、作者はまったく過不足なく主人公寿永に乗りうつり、寿永を通じてこの間の経緯を報告している。

内容は要するに、あんなにも長く悩み苦しんでいた吃音の問題が、あの小説（『凍《こご》える口』のこと）に洗いざらい書いたあとでは、どういうわけかその後は、吃音を嘘《うそ》のように忘れてしまったようになったというのである（『まなざしの壁』、『悲しみの土――金鶴泳作品集II』二三四頁）。作者は、この小説の少しあとに書かれた随筆『一匹の羊』でも同趣旨のことを述べているが、そこでは書くことの効用、「つまり、「カタルシス」というものなのかも知れない」と注釈している（同、二三四頁）。

確かにこれに続けて本人も述べているし、また周辺にいた友人たちも金鶴泳への回顧談の中で触れているように（例えば李禹煥〈リ・ウファン〉『時の震え』みすず書房、二〇〇四年）、作者の吃音そのものは終生続いたようであるが、この小説を書いて以降は、それを苦痛に思わなくなったというのである。故《ゆえ》に、今ではもう苦悩の源泉でなくなった以上、吃音の問題は小説の主要なテーマでなくなり、これ以降の小説の中では少年期の回想の場面のみで扱われることとなる。

なお上述のとおり、吃音の苦悩の解消について、作者はこれを「書くことのカタルシス的効用」と述べており、確かにその側面はあったと思うが、もう一点、自分が書いた作品がこのように広く世間で評価されたという自信は、伝達手段としての言葉が、喋《しゃべ》り言葉としてはだめでも、書き言葉としては充分通用するのだという自信につながったことも大きな理由ではないだろうか。

ともあれ、吃音の問題がなくなったところで初めて、前に読んだ評論家Kの批評文をきっかけとする「まなざしの問題」＝民族の問題に向き合うことができるのだと、作者は主人公寿永を通じて語っている。

「まなざし」を意識するきっかけ

寿永が、日本人の朝鮮人に対する偏見のまなざしについて意識し、問題視するきっかけとなったのは、かつてある雑誌に掲載された次のような評論家Kの、寿永の小説『冬の日に』に対する批判であった（『冬の日に』は、『凍える口』を指すものと考えて間違いない）。

『冬の日に』の主人公「金俊基」に、一般に朝鮮人が根強く持っているはずの、日本への憎しみとコンプレックスがまったく欠けていること、また、日本人が朝鮮人に軽蔑感や差別意識など、偏見のまなざしを持っているかも知れないという疑いや気遣いがまったく抜けていること、それが日本の現実としてはいかにも不自然である。（『まなざしの壁』、『悲しみの土――金鶴泳作品集Ⅱ』二三二頁）

これを読んだときの寿永の、すなわち作者の最初の反応は、Kは的外れなことを言っているという反感であった。日本で生まれ、日本の教育を受けて育ったために日本人と同じ感受性になっている自分には、それをどう受け止めていいかわからないために、そのまなざしについて書かなかったのであり、ごまかしたわけではないという抗弁であった。

しかしそれから四年経《た》った今、冷静になって考え直してみると、そのまなざしがあまりにも忌《い》まわしかったために、子供のころから気づかぬふりをするのが習性となっていたのではないか、事実を偽《いつわ》っていたところがあったのではないかと、過去の思い出を含め、もう一度考え直す必要を覚えたのであった。

そう思って考え直すと、かつて自分と長く交際していた文子（前出『遊離層』に登場）の場合もそうであった。寿永は、文子との関係が成り立っていたのは、国籍が違うにしても、文子とはそういうことを乗り越えたところで成り立っていた人間関係であると考えていたが、今振り返ってみると、夏休み明けに急に冷淡になったのは、「朝鮮人とは友達にはなることはできる。しかし、それ以上の関係に進むことはできない」という文子の思いを意味するもので、彼女の中にあの偏見のまなざしがあったことを表しているのではないかと、改めて考えるのであった。

寿永はまた、三年前に、中学三年生の家庭教師をやっていたときのことも、思い出す。一学期を終え成績が上向いてきたにもかかわらず、その夏休みに母親から解雇を通知する手紙が送られてきた。それには「寿永と少年の年齢差がありすぎるから」などという理由にならないことが記してあったが、寿永には他の理由は考えられず、夏休みに下宿へ遊びに来た息子を通じて、寿永が朝鮮人であることを知った母親の偏見の「まなざしの壁にはね返されている、自分を感じていた」（同、二八五頁）のであった。

そして今、フロントの男の視線が差別的であったとしか思えないF鉱泉を不愉快なあまり予定を早めて一泊で発《た》つことにしたのだが、帰りのバスの中でもう一つ、昨年に起きた大きな事件、金嬉老事件のことを思い出すのであった。

金嬉老事件への反応

金嬉老事件は、金鶴泳がこの作品を執筆した少し前の一九六八年に起きた事件であった。同年、在日朝鮮人金嬉老は静岡のキャバレーにおいてライフル銃で暴力団の男二人を殺害した後、寸又峡《すまたきょう》温泉の宿に人質を連れて立て籠《こも》った。そしてとくに、投降の条件として、在日朝鮮人である自分に差別的な言辞《げんじ》を弄《ろう》した日本の警察の謝罪を要求した。この事件について、作中では寿永は同人誌の会合の席で次のとおり発言したという。

「同胞として、非常に残念に思う。心情としてはわかるけれども、あのような形で爆発させてしまったのでは、かえって問題を悪化させるばかりだ。金嬉老は、多くの同胞に迷惑を与えた」（同、二九〇頁）

このように発言したことに対して寿永は、事件の最中の冷静さを失った、あまりにも短絡的な反応であったと、何日もしないうちに、自己嫌悪を覚え、深く反省しなければならなかった。あたかも自分が「正統的な朝鮮人」であるかのようにものを言っているが、自分のように、日本人のあのまなざしに怖気《おじけ》づき、こそこそと逃避したり、あるいは「黙殺」したりすることに比べれば、金嬉老の行為は、はるかに順当な、そして正当な抵抗であったというべきではないか（同、二九〇頁）と、振り返っているのである。

実際の作者は、この事件が起きたときには、旅先で、宿のテレビで事件のことを知ったと日記に書いているが、事件後幾日かしてからの感想、考察は、小説の寿永と同じで、金嬉老についても、犯罪は犯罪であるにしても、彼がこのような犯罪に走らざるを得なかった背景として日本社会の責任も考えるべきだとしている（「金鶴泳日記抄」、『凍える口――金鶴泳作品集』四九二頁）。

作者金鶴泳が、小説であれ日記であれ在日朝鮮人の犯罪に言及するのは稀《まれ》なことであるが、ここではそれまでいつも朝鮮人を批判的に見るときに活躍する彼の内なる「半日本人性」が姿を消していることにも着目すべきであると考える。

なお、事件後しばらくして金嬉老の支援組織が結成され、裁判の法廷支援活動等を行うこととなり、日本人側の鈴木道彦《すずきみちひこ》、野間宏《のまひろし》等とともに、朝鮮人の側も、金達寿（キム・ダルス）、金時鐘《きんじしょう》（キム・シジョン）、李恢成《りかいせい》（イ・フェソン）等多くの作家、文化人がこれに加わったのであるが、金鶴泳の名はない（鈴木道彦『越境の時』二〇〇七年、集英社新書）。

そして辿り着いた結論

このように、金嬉老事件は、作者金鶴泳にとっても、自らの民族意識を振り返る上で、大きなきっかけとなったのであろう。寿永を通じて次のように語っている。

自分の中に、常に朝鮮人と日本人とが在《あ》り続けてきた。そして、かつての自分は、朝鮮人というよりは日本人といったほうがふさわしいくらい、日本人の方に重心が置かれていたような人間であった。かつての自分には、むしろ、積極的に日本人になろうとしていたようなところがなかったであろうか。「よい日本人」になることによって、日本人としての市民権を得ようとしたようなところはなかったであろうか。（『まなざしの壁』、『悲しみの土──金鶴泳作品集Ⅱ』二九二頁）

だが、「朝鮮人は、大学を出ても、就職することさえできない」（同、二八六頁）。「彼の中で、まだ一度も行ってみたことのない朝鮮が、次第にその像を大きくしていくようであった」（同、二八七頁）。

ここではこのように、自分の朝鮮人としての民族意識を俎上《そじょう》にのせ、さらに反省を深めている。そして、このあと、朝鮮統一運動に携わっている韓国人の友人にも会いたいという気持ちが起きてきたと述べている。かつてはあれほど距離を置きたいとしていた「朝鮮」に自ら近づきたいと述べるのは、初めてである。

ただ、この旅の終わりの帰りのバスの車中で、これと矛盾するような、不可解な結論に達するのである。

日本で生まれ、日本の教育を受け、日本の風土の中で生きてきた、そして今後も生きていくであろう自分は、自分の中の日本人からもまた、逃れることはできないであろう。（略）朝鮮人でもあり日本人でもあるというような、そういうものとしての自分の宿命から、自分は逃れることはできないであろう。——それでも構わないではないか？　あのまなざしを受ける側の人間、と同時に、あのまなざしを差し向ける側の人間、その両者を併せ持っているがゆえに、そういうものとしての自分を知ることによって、かえって自分は、そのまなざしの正体を見きわめることができるのではないか。そのまなざしを生み出した国家、あるいは民族、あるいは人間というものについて、より深く考えられるのではないか。（同、二九二頁）

金鶴泳が、民族の一員であることより、個としてのアイデンティティを追求する考え方であることは、再三述べたとおりである。しかし、西川長夫《にしかわながお》の言葉（西川『植民地主義の時代を生きて』平凡社、二〇一三年、三六一頁）を俟《ま》つまでもなく、「個の自立」の形成は、ナショナル（民族）アイデンティティと一体でないと成し得ないものである以上、自分の視座が二つの民族あるいは国家にまたがることを、自らに容認する、ましてや自分の強みにしたいという発想は、いずれ破綻《はたん》をきたすものである。

いずれにしても、これでは金鶴泳が脱しなければいけないと考えている「半日本人性」を言い換えたのに過ぎないことを、本人も早々に知ることになるはずである。

孤独と混迷のうちに

この時期の金鶴泳については、前述の『まなざしの壁』において作者自身が総括しているとおりであるが、その出発時の『凍える口』を執筆していたときには吃音に深く悩み、その苦悩により、他事を真正面から考える余地はなかった。そして、この小説の執筆によりその苦悩が消滅したところで、はじめて「朝鮮」のことも視座に入ってきたのであった。

しかし、それはすぐに朝鮮人としての「民族意識」につながるものではなかった。入学手続きに際して、通称名を書いて事務局員に咎《とが》められたときに、改めて自分が在日朝鮮人であることを不承不承《ふしょうぶしょう》自覚したように、当時の彼の心情としては、「半日本人」であることの方が居心地が良いのであった。また周りの同胞学生たちの教条主義や金日成を信奉する家父長的な父親への嫌悪も彼を「朝鮮」から遠ざけるものであった。

しかしその後、大学祭の折、関東大震災において朝鮮人が被った虐殺の歴史を知り、また就職問題や彼自身の女性との恋愛問題においても、自分が朝鮮人であることは避けて通れない問題であることを徐々に自覚させられたのであったが、これを「民族意識」と呼べるものであるかどうかは、微妙なところである。少なくとも、まだ朝鮮民族の全体像を学び、それと一体化しなければという積極的な民族意識への取り組みは感じられない。

大学院を中退し、小説家として成功することに生活を懸《か》けることとしたのであるが、それとてもその道に確信があるものでもない。

しかし作者には、周辺にそんな心境を打ち明けられる友人の影もなく、孤独と混迷のうちに次の段階へ進むこととなるのである。

第二部 中期の作家活動と国籍移行

——『錯迷』から『剝離』まで

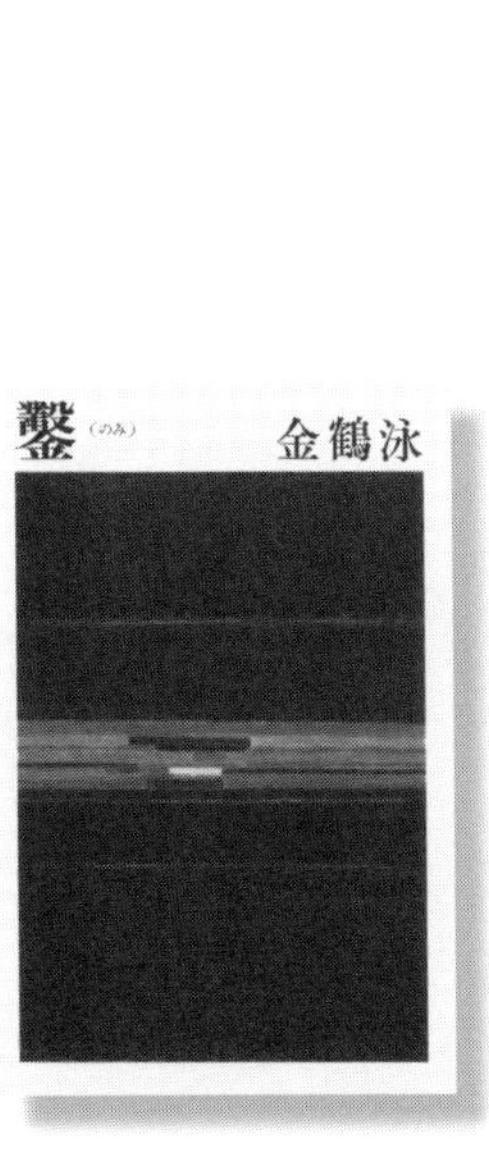

第四章
『錯迷』と模索

四作が芥川賞候補に

前述のとおり、金鶴泳は『まなざしの壁』を執筆中に大学院を中退し、学究《がっきゅう》生活と別れ文筆活動一本の生活に入る。そして、その直後の一九七一年一月には役場へ行き、韓国国籍への移行の手続きを行っている（手続きの完了は、一九七二年四月）。

この国籍移行を経て、その一年のちには統一日報社（入社時の社名は、統一朝鮮新聞社）に入社し、民族機関紙の論説委員としての活動も開始するが、作家としては、一九七一年に『錯迷《さくめい》』、翌年に『あるこーるらんぷ』が雑誌に掲載されたのをはじめとして、実質、三十代最後の作品である『鑿《のみ》』、短編『剝離《はくり》』に至るまで、この短期間に寡作《かさく》な作者には珍しく十作を超える小説を書いている。その大半は、作者自身の等身大の在日朝鮮人を主人公とする作品であり、またこれらのうち四作品が、芥川賞候補作となっている。

この時期にはまた、統一日報社の社員として、毎週一回のコラム欄「ポプラ」の執筆に加え、途中から、月一回、「文化」欄の執筆も行っている。こう見ると、一見この時期の作者はきわめて充実した生活を送っているようにみえるが、公開された日記を見る限り、必ずしもそうは言いきれないようである。小説を生み出す苦労は相変わらずついてまわり、大半の作品が決定稿に至るまでに何回も推敲《すいこう》をすることを要し、そこに多くの時間も労苦も費やさねばならなかった。

だがそれよりも、とくに統一日報社の社員となって以降、在日韓国人の機関紙のオピニオンとしての顔と、従前よりの作家金鶴泳としての顔が、はたして何の諍《いさか》いもなく共存し得ていたのか、気になるところである。言うまでもなく、機関紙のオピニオンとしては、その書きものには当然ながらその体制に沿った節度が要求されたであろうし、他方、作家金鶴泳は、従前から、民族の課題などよりも、個人としての生きる意味を追い求める作家であったから、時にその「共存」に悩むことがあったに違いない。そのせいか、統一日報のコラム欄の署名は、ずっと別のペンネームあるいはアルファベットにしており、「金鶴泳」の署名としたのは、一九七八年四月以降である。

本稿においては、まずこの期の最初の作品『錯迷』を重点的に分析し、続けて『あるこーるらんぷ』等、他の作品も一括して見ることにより、この時期の作家金鶴泳の特徴を明らかにするとともに、統一日報への寄稿内容を紹介し、この期の活動ぶり全体を見ることとしたい。

なお、国籍の移行の経緯については、日記等で見る限り、以下のとおりである。前述のとおり、役場でこの国籍についての手続きを行ったのは、一九七一年一月であるが、日記上で、これに関係する記述としては、この年の四月からの子供の小学校入学を前に、自分としては、金日成《きんにっせい》（キム・イルソン）の息のかかった学校へは入れたくないが、他方、熱烈な金日成信奉者の父親のことも気になるといった記述を、前年末あたりから何回か見かける。[*1] そして、最後まで父親のことを気にしながらも、この時期に至って、父親と衝突することがあっても仕方がないといった心境で決断したということである。

国籍の移行に関しては、それ以上の記述を、公開された日記から見出すことはできない。また、この国籍の問題や少し後の統一日報社への入社の経緯についても、今日のところ、それを明らかにするためのこれ以上の資料はなく、一層の解明は将来に期するよりほかはない。

「朝鮮統一運動に携わっている友人」

小説『錯迷』は、雑誌「文芸」の一九七一年七月号に掲載されたものである。

主人公の申淳一《しんじゅんいち》は、執筆時の作者とほぼ同年齢の三十歳前後の在日朝鮮人二世である。淳一は、東京の大学の修士課程を終えた後、仙台の大学の化学工学の教室で助手として勤務しているが、今日、大学を卒業してから八年ぶりに、かつての同級生の鄭容慎《ていようしん》(チョン・ヨンシン)から仙台で会いたいと連絡があった。彼は学生時代に勉強していた化学は放擲《ほうてき》し、ずっと韓国の立場に立って、朝鮮統一運動を推進する組織で活動しており、この日は活動のために青森へ行く途中で、仙台で淳一に会いたいというものであった。

以上でもわかるとおり、容慎は前作『まなざしの壁』の中で作者金鶴泳が、「近々に会ってみたいと考えていた朝鮮統一運動に携わっている友人」というものに符合する。作者は朝鮮のことを考えようとすると、どうしても父親の存在が障壁となってしまうが、そ

＊1―例えば一九七〇年十二月三日の日記(『凍える口――金鶴泳作品集』五三四頁)には、子供と父親の間で揺れる心情を吐露している。

ればかりに拘《こだわ》っておれないという気持ちもあったのであろう。

本作品は、設定こそ仙台に置いているが、当時の作者の思いを、主人公申淳一に過不足なく代弁させている。

鄭容慎の活動についての話は、一九五三年の朝鮮動乱の休戦協定後も、南北間では一触即発となりかねない小さな武力衝突は絶えず、[*2]自らの正当性を主張してお互いを非難しあうだけの現状では平和的な統一に向けての対話が行われるにはほど遠い。だからこそ、今日、在日朝鮮人六十万人が南北の祖国に向かって統一を呼びかけることには大きな意義があるのであり、そのために署名を集めているのだというものであった。

しかし、と容慎は続けて言う。一部のS同盟（北朝鮮系組織のこと）の連中が、その署名活動を激しく妨害しているのだという。容慎の所属しているのは、「韓国、民族自主統一K同盟」である。

「彼ら（S同盟）は統一運動というものを、自分の専有物であるかのように考えているのさ。自分たち以外のいっさいの統一運動を許さず、自分たちに盲従しないもの、自分たちに都合の悪いものは、反動、スパイ、破壊分子呼ばわりしてやまない」（『錯

迷』、『土の悲しみ――金鶴泳作品集Ⅱ』三二六頁)

この容慎の言葉は、統一運動を推進していくのに、北も南もないはずだと思いながらも、学生時代にS同盟系の学生と行動を共にしたことがある淳一には、思い当たるところがあった。彼らは、自分たちは常に正しく、「彼らのそのイデオロギーを身につけると、にわかに朝鮮人としての誇りに燃えるようになる」というのであった。そして、その特定の単一イデオロギーだけで、世界と人間のすべてが覆い尽せると考えているようであった(同、三二七頁)。

淳一は、その独善的な考え方に嫌気がさして、彼らの活動から離れていった過去を思い浮かべたのであったが、同時にまた、同じように独占的で専制的な父親のことを思い浮かべないではいられなかった。熱烈な金日成信奉者の父は、郷里の町のS同盟の分会長をやっていた。

＊2―朝鮮戦争休戦協定後も、とくに一九六〇年代には、双方の砲船《ほうせん》が漁船を襲撃する事件等が頻発《ひんぱつ》している。

父親の凄まじい暴力

父親が、昔から暴力を振るうのは、淳一兄妹を含む家族全員に対してであったが、大抵の場合は、母がその標的となっていた。淳一から見ると、些細《ささい》な、取るに足らない理由で終始ねちねちと文句を言いながら、長時間をかけて凄《すさ》まじい暴力を振るうのであった。それが始まると、幼い妹たちや弟は部屋の隅に固まって、震えながら恐怖の時間が過ぎるのを待たねばならなかった。

淳一は、その暴力が支配する陰惨な家庭において、幼い妹弟たちのためにも両親の間に入って、自分が楯《たて》になって父親の暴力を阻止しなければと考えたのであったが、学生時代に立ち向かったときには、淳一には土方の仕事で鍛えた父親にはまったく歯が立たず、文字どおりはね返されてしまったのであった。

しかし、最近帰省したときは、少し違った展開となった。帰省したばかりの淳一の目の前でまたも母に対して振り上げた父の腕を思わずつかんだとき、「その腕はかつてのような強靭《きょうじん》な面影はなく、肉体はすでに枯れ木の感じを漂わせている」ことに気が付いたのであった。そしてそのときまで、ただ理不尽とだけ考えてきた父の暴力は、植民地時代から生き抜いてくる上で身に着けることが必要な、「ある種の無神経な強靭さ」故《ゆえ》であったのだと、自分には遠く及ばない父の歩んできた厳しい歴史に、改めて気付かされる思いがするのであった（同、三四五頁）。

だが、こんな淳一なりの理解をよそに、なおも母に対してひたすら罵倒《ばとう》しつづける父の醜悪さを、淳一はやっとの思いで我慢しなければならなかったのであったが、一方、このような父親のいる家から逃れ出るためにと、二人の妹が、相次いで北朝鮮に帰還してしまったときのことを、この小説の回想場面として挿入している。

妹たちの北朝鮮への帰還

淳一の上の妹の明子が、卒業論文の追い込みをやっていた淳一の下宿に突然やってきたのは、まだ高校二年を終えたばかりの十七歳の三月であった。明子の話は淳一には驚くような話で、この六月の帰還船で北朝鮮に帰りたいというものであった。

「（略）あたし、もういや、ああいう家にいるの。恐ろしくて恐ろしくて、気が変になっちゃいそう。それよりか、北朝鮮に行って一人で生きた方が、どんなにいいか知れない……」（同、三三二頁）

明子の決意を聞いたときの、そのときの、淳一の反応は、「その方がいいかも知れない」

というものであった。

作者金鶴泳の上の妹が、十七歳で北朝鮮に帰還したのは、一九六〇年六月のことであった。北朝鮮への帰還事業については、当時の冷戦下の国際情勢を背景に、これが北朝鮮の地位を高めるものであると、韓国側は猛反対したが、国内の朝鮮人を減らし、低所得者の多い彼らに関《かか》わる財政的、政治的負担を軽減したいという日本政府の思惑《おもわく》もあり、日本赤十字と朝鮮総連の鳴り物入りで、前年の一九五九年十二月よりはじめられたもので（テッサ・モーリス－スズキ『北朝鮮へのエクソダス』朝日新聞社、二〇〇七年）、一九六〇年はピークで、年間五万人近くの人が帰還している（帰還事業は、一九八四年まで続き、累計約九万三千人が帰還した）。

明子が帰還すると言い出した一九六〇年頃には、日本国内ではまだ北朝鮮の内部事情は知られているところではなく、朝鮮総連によって「物凄《ものすご》い勢いで発展しつつある地上の楽園である」と喧伝《けんでん》されていた。そこは全面的には信じられないにしても、淳一としては、もし地上の楽園でないにしても、明子にとってあの暗い家で神経的に精神的に虐《しいた》げられて生きていくことに比べれば、いっそのこと一人ででも北朝鮮に帰って、そこで伸び伸びと生きた方がずっと幸せではないかと考え（『錯迷』、『土の悲しみ――金鶴泳作品集Ⅱ』三三三頁）、明子の大胆な決心に賛成したのであった。そして、その段落の最後には、下の妹もその後、一人で北朝鮮に帰還したことが、なんの注釈もなく付け加えられている。

実は、この妹たちの北朝鮮帰還問題については、作者金鶴泳は、小説あるいは随筆といった著作では、その後はまったく扱っていない。日記には、この小説の執筆より前の、一九六五年十一月に記述している。

静愛（沢部注・下の妹）が朝鮮に帰国してから、ちょうど一年になる。私はふだん、雅代や静愛のことを忘れている。妹らについては、もはや心配することもないだろうし、妹らも、むしろ私より強い人間だと、そう思われるからである（「金鶴泳日記抄」、『凍える口――金鶴泳作品集』四五七頁）。

この日記の記述には、少々不可解なところがある。前述のとおり、一九五九年から始まった帰還事業は一九六〇年の五万人をピークに、翌々年からは、年に二、三千人に急減する。それは、一九六一年頃までに先に帰還した人から、「北朝鮮社会の生活は、豊かで自由な生活というにはほど遠い」という情報が、早くももたらされていたためであった（金賛汀〈キム・チャンジョン〉『在日コリアン百年史』三五館、一九九七年）。だとすれば、少なくとも下の妹の帰還時（一九六四年？）にはこの情報を基《もと》に、何らかのアドバイスが可能であったはずなのに、そうした様子はないのである。

そしてまた、この小説が執筆されたのは、さらに数年のちの一九七一年であったことも念頭におく必要があるかもしれない。もうこのころには妹たちだけでなく、帰還者たちのその後の状況も相当耳に入っていたはずである。

そのような中で、時がたつほどに、妹たちを言うがままに帰国させてしまったという慚《ざん》愧《き》の念に、激しく苛《さいな》まれたのであろう。小説等では触れていないが、後述の「統一日報」のコラム欄で、再三にわたりこの問題を取り上げている。またそれに止《とど》まらず、作者の北朝鮮に対する根本姿勢への決定的な与件となっているのである。

別れの会食

小説『錯迷』は、鄭容慎が予定どおり、その日の十時の列車で青森に発《た》つまで、二人で酒を呑《の》んで語り合う場面で終わる。

容慎は、かつて学生時代に「心の飢《うえ》」についての随筆を校内誌に発表したことがあり、真剣にこの先の生き甲《い》斐《がい》を求める青年の心情を綴《つづ》っていたことがあったが、今やそんなひ弱なところは微《み》塵《じん》もなかった。彼の話は、語るほどに、彼の組織が推進している統一運動の意義と展望に落ち着くのであった。あらゆる世界の事象もそして人間も、彼は、彼の論理によって明瞭《めいりょう》に裁断し、彼にとっての課題は、その明瞭な世界に向けて人間をどう動かすかにあるということに尽きていて、そのことに疑いを持つことはない（『錯迷』、『土の悲しみ――金鶴泳作品集Ⅱ』三四七頁）のであった。

このような話を聞かされたとき、かつての淳一、すなわちかつての作者であったならば、話の頭から反発し、ただ聞き流すだけであったが、この日の淳一は、少々異《こと》にしている。容慎の話を聞きながら、自分も朝鮮人であるにかかわらず、少しも朝鮮人として生きていない、朝鮮のために何の役にも立っていないという思いをますます強めるのであった。

私は朝鮮人であるにもかかわらず、「朝鮮」と無縁のところで生きているのである。私の空虚感は、そこから来るのかも知れぬ。だが私が朝鮮人として生きられるためには、私はもっと「朝鮮」を身近に感じられなければならないであろう。ところが、父から逃れようとしてきた私は、いつのまにか、妹たちとは反対に、「朝鮮」そのものからも逃れようとしてきたような気がする。しかし、いくら逃れようとしても、それは逃げ切れるものではあるまい。（同、三五〇頁）

淳一は、充実した面持《おもも》ちで運動のために次の土地に向けて発って行った容慎に比べて、自分は、内側に何も持っていないという寂寥《せきりょう》感と孤独感に捉《とら》われるのであった。それでも自分なりに前へ進まなくてはとの思いから、容慎から十人分の署名用紙を引き受けた。また青森からの帰りにもぜひ寄ってくれと声をかけたのは、従前の淳一にはなかったことで、もうこの先には、「朝鮮」から逃げないという気持ちの表れであろう。

作者金鶴泳が、この小説を執筆していた一九七〇年頃というのは、終戦から二十五年、日韓条約の締結から五年経《た》っているのだが、日本社会の朝鮮人に対する差別意識は以前とほとんど変わるところはなかった。大企業の韓国人採用差別に対する初の訴訟である日立製作所の裁判は一九七〇年に提訴され、判決が出たのは一九七四年である。

一方、一九七二年には李恢成《りかいせい》（イ・フェソン）が在日韓国人として初の芥川賞を受賞し、同二月の金鶴泳の日記には、その授賞式の帰りに「金達寿（キム・ダルス）、金石範《きんせきはん》（キム・ソクポム）、金時鐘《きんじしょう》（キム・シジョン）、高史明《こうしめい》（コ・サミョン）、松原新一《まつばらしんいち》らと飲んで、争論になる」（「金鶴泳日記抄」、『凍える口――金鶴泳作品集』五五〇頁）との記述が見られる。それだけの記述なので、あとは推測となるが、この顔ぶれで「争論」となると、当然に朝鮮半島の政治問題であろうから、この時期に韓国へ国籍移行を行っている金鶴泳への風当たりは、相当厳しいものがあったのではないかと推測されるところである。

第五章
「在日朝鮮人」として生きる道

在日一世の父

前述したとおり、この時期には、前記『錯迷《さくめい》』直後の『あるこーるらんぷ』に始まり、三十代最後に書かれた『鑿《のみ》』に至るまで十篇《ぺん》を超える中・短編を執筆している。それらの大半は、作者を彷彿《ほうふつ》とさせる在日二世の少年ないしは青年を主人公としたもので、このうちの主な作品を、執筆順ではなく、扱われている主人公の年齢順に並べると、次のとおりとなる。

・『冬の光』（一九七六年）主人公は国民学校から中学一年生
・『あるこーるらんぷ』（一九七二年）主人公は中学一年生

- 『鑿』（一九七八年）主人公は高校三年生
- 『夏の亀裂』（一九七四年）主人公は大学四年生

これに、先の『錯迷』を並べると、作者の現在に至るまでの年代記という趣《おもむき》となる（なお、『金鶴泳作品集』の編纂《へんさん》も『凍《こご》える口』のあとは、この順序で編纂されており、編者もそこを意識したものと思われる）。

また、このほかのいくつかの中・短編も大半は在日朝鮮人を主人公ないしはそれに準ずる登場人物とする作品である。以下、これら作品を通じて、この時期に作者金鶴泳が模索した在日朝鮮人として生きる道とは何であったかを見ていくこととしたい。

まず一般に子供が小さいときほど、体力的に圧倒的に及ばない父親は、表立ってその腕力を行使しなくとも畏怖《いふ》すべき存在であり、また子供のみでなく家族全員の飯代を稼いでもたらしてくる存在であるから、それだけで家庭内で絶対的な存在として君臨することに誰も異存を唱えることができなかった。そして、十二歳で渡来した作者の父の場合、それまで育ってきた朝鮮の封建的で家父長的な気風からも、家族に飯の心配はさせない代わりに自分が圧倒的な存在として君臨することは当然であるとの意識もあったことであろう。家庭内で自分に盾突《たてつ》く存在などは、あり得るはずがなかったのである。

しかし父の場合、持ち前の商才で戦後日本の地方都市で商売を成功させてきたが、学校には行くことができなかったことで文字を解さないために、仕事上に不便であったのにとどまらず、自尊心を傷つけられる場面にも堪《た》えねばならなかったが、日本人の年若い使用人に不正を働かれたことは、

「あの野郎俺が字を知らねえと思って舐《な》めやがって」（『鑿』、『凍える口――金鶴泳作品集』二一〇頁）

と、朝鮮人として誇り高い父には腹に据《す》えかねることであった。またそのために、家を一歩出れば、日本人につけ入るスキを与えないために、絶えず緊張を強いられる、それが家に帰ってからは抑制も解けて家父長として振る舞い、暴力も我慢できない理由だというのである。『鑿』の最後の場面で、母に対して一段と激しい暴力を振るう父を止めようとした主人公に、父は思いもかけず涙を光らせながら言う。

「お前ももうわかるだろう、人に舐められながら生きなくちゃならねえ気持がどんなものか……」

何か知れぬ大きなものの前に立ちすくみ、その壁を突き破れずにいる自分を自分で嘲笑するふうに父はいった。（同、二二八頁）

そしてさらに、戦前、戦後を今日まで生き延びてくる上で、在日一世である父はもっと大きな悲哀を潜《くぐ》り抜けねばならなかったことを、作者はやがて知ることになる。

一つは父の母、つまりは作者の祖母の死についてであるが、祖母は、戦前に夫、つまりは作者の祖父らとともに日本へ来たのであるが、日本語は話せない上に、夫は家庭を顧みることもなく、友人もいない孤独感に苛《さいな》まれ、一年もしないうちに三十三歳の若さで、鉄道に飛び込み自殺したのであった。

もう一つは、父の弟、作者の叔父《おじ》の死である。小説『冬の光』では、父自身が詳しく主人公に語ってくれた様子が描かれている。父は唯《ただ》一人の弟をかわいがり、また自分の話し相手となるものと期待していた。そして専門学校を出してやり、自動車修理工場に勤め始めたのであるが、そこで事故に遭《あ》い、最後には結核を患ってしまい、父は丁重に看病してやったが、二十八歳の若さで死んでしまった。

それを語る父の目には涙が浮かんでいた。そして、「俺の気が荒くなったのは、マナー（沢部注・弟のこと）が死んでからだ」（『冬の光』、『凍える口――金鶴泳作品集』一四〇頁）と、言うのであった。

父は、これが自分の凶暴になった理由として語るのであったが、そこに、作者が生まれ育った家庭が陰惨な雰囲気に包まれざるを得なかった、深い事情のあることを初めて知ったのであった。いずれにしても、日本の植民地支配のもたらした悲劇であることに間違いない。

作者と家父長的な父親との関係が、これだけなら在日一世と二世の間の反目の極端な例と言えなくもないが、もう一つ、金日成《きんにっせい》（キム・イルソン）をめぐっての反目がある。父には植民地時代だけでなく、今も日本社会により耐え難《がた》い差別を味わわされているだけに、日本をはじめとする外国の圧力を跳ね返し、同胞たちの「地上の楽園」の建国を主導した金日成は、理屈抜きで信奉すべき対象であるのに対し、息子である作者にとっては、帰国した妹たちの例にみるように、国民の生活を劣悪な環境に放置しているだけでなく、思想、言論の自由のまったくない体制の頭首である金日成は、許し難い存在であった。しかも作者が煩悶《はんもん》しなければならなかったことは、そんな金日成信奉を強要してくる父に経済的な支援を頼まざるを得ず、離反できないことであった。一九七七年十月の日記には、次のような記述がある。

父の、異様な性格から来る異様なほどの頑迷《がんめい》固ろうさを悲しむ。相変わらず私の子供たちを総連の学校に入れるよう強要し続けている。毎日、それこそ毎日、顔を合わせるごとにである。精神的拷問《ごうもん》をうけているような苦痛をおぼえる。そして私の最大の、そして決定的な弱みは、この厭《いと》わしい執拗さで私に〝思想の変更〟を迫ってくる父に、なお経済的な援助を仰がなければ生きていけないということだ。（「金鶴泳日記抄」、『凍える口――金鶴泳作品集』六四七頁）

結局、作者と父親とのこのような関係は、作者が死去するまで続く。後述のとおり、作者の生計が父からの支援抜きでは成り立ち得ない以上、これを断ち切り様がなかったということである。

恋愛と国籍

前記のいくつかの自伝的小説の中で、大学生時代以降が扱われているのは、『夏の亀裂』だけなので、女性に関する記述もこれが中心となる。

ここに登場する女性公子も、初期の小説『遊離層《ゆうりそう》』に登場した文子と同じく、同郷の学校で同級生であったものが、主人公康資英《カンザヨン》が大学生になったところでまた東京で再会し、交際が始まるというものである。

公子との付き合いは、一緒に月に一、二回週末にコンサートへ行ったり、展覧会へ行くといったことの繰り返しで、資英には次第にそれだけでは物足りなくなってきた。そして、付き合い始めて半年あまりたったある日、

彼は公子との関係を、この際もう一歩進めるべきだと考えていた。公子の自分に対する態度の感触から、それは決して不自然なことではないと感じていたのだった。彼は、つとめてさりげない口調で、顔に笑いさえ浮かべて、囁《ささや》くように公子に言った。

「ぼくは、君に惚《ほ》れてしまった。どうしよう?」

瞬間、公子は目を伏せた。（略）顔に当惑の色が浮かんでいた。だが彼は公子のその反応を別に意に介しなかった。初《う》心《ぶ》な娘らしい羞恥《しゅうち》のあらわれであろうと（略）。

（『夏の亀裂』、『凍える口――金鶴泳作品集』二四〇頁）

しかし、その何カ月かしたのちの秋の夜久しぶりに会った公子は、上野でオペラを見ての帰り駅に戻る途中、正面を見据えて歩きながら、「わたし、婚約したの」と、資英にとって衝撃的な言葉を発して、資英の前から去って行ったのであった。

資英にとっては、「ぼくは、君に惚れてしまった。どうしよう?」というのは、精一杯の恋心の告白ということになるのかもしれない。しかし、いかにもプライドの高い自己保

身に充《み》ちたこの科白《セリフ》に、相手は、どのように答えようがあったろうか。公子が去って行ったのは、ここでも自分が朝鮮人であるためだと主人公は理由付けしているが、それ以前の問題であることに、気が付いていないようである。

作者金鶴泳の小説において気になるのは、女性との恋愛関係において、いつも相手方からの「愛」を求める、あるいは「渇望《かつぼう》」するとの表現がふさわしいほど望むのであるが、どう見ても相手に「愛」を与えることを考えていないということである。相手が求めるものは何であるのか、自分が与えられるものは何であるのかは考えもしないということである。そしてその意思疎通《いしそつう》を阻害《そがい》するものは、いつも「国籍」の問題であるということに帰せられてしまうのである。

「朝鮮」と民族意識

これまで見てきたとおり、これらの小説は在日朝鮮人を主人公としているのであるから、その親子関係、恋愛問題にあっても、「朝鮮」の存在がいつも、もう一つの主役となっているのである。その「朝鮮」のうちでも、とくに「北朝鮮」が作者の心理としてもだんだん相容《あいい》れない存在になっていくのも、従来に同じである。

『夏の亀裂』の大学四年の主人公は、自分には朝鮮に関する知識がまったくないことが、自我と呼ぶべきものが空虚であることの原因であるとの思いから、学内の同胞たちの勉強会に加わったのであるが、そのメンバーの大半は北朝鮮系の学生たちであった。彼らは、勉強会の場でも空疎《くうそ》なコミュニズムの理屈を口にするばかりで、それに嫌気を覚える主人公は、遠くないうちに彼らから離反していくであろうことを予感させている。

北朝鮮の金日成主義と在日一世の父親の家父長的横暴とが結びついた例が、『あるこーるらんぷ』にある。こんな父親の姿は、すでにいくつかの小説で見たとおりであるが、この小説で興味深いのは、東京で下宿して大学に通っている主人公の兄である。例の如《ごと》く、金日成崇拝を押し付ける父に対し、韓国を肌身で知りたいと兄は父の反対をよそに、黙って国籍を韓国へ移してしまったのであるが、東京の地理がまったく不案内な父はそれを事後に知っても、手も足も出ないのであった。

また、日本人との結婚を父に反対された主人公の姉も、相手の住む大阪へ家出したのを知っても父には探しようもなく、これも歯軋《はぎし》りして悔《くや》しがっても、如何《いかん》ともし難い。つまり、封建制度なり家父長制は、相手を土地とか財力で縛り付けられる限り有効であるが、その力の及ぶ範囲外に出た者に対しては、あっけないほど無力であることを示しているのである。

ここで、本来ならば番外であるが、作者がこの時期に小説化しようとして結局は小説として結実できなかった、早稲田大学の学生山村政明《やまむらまさあき》の焼身自殺について触れておきたい。その事件が起きたのは一九七〇年十月であったが、その遺稿集《いこう》(『いのち燃えつきるとも――山村政明遺稿集』大和書房、一九七一年)が刊行されたのは翌年で、これを読んだ作者は、その八月からの日記に、『あるこーるらんぷ』の次の作品にしようと、小説化の構想を何度も記している(「金鶴泳日記抄」一九七一年八月〜九月、『凍える口――金鶴泳作品集』五四五頁〜五四六頁)。

山村は在日二世であるが、九歳のときに、両親が家族全員の帰化を行ったため、日本国籍となっている。しかし自分は韓民族の血を受け継いだ者なのだという自覚を強めるほどに、在日韓国人社会にも日本社会にも自分が帰属すべき場所を見定められぬ思いは強まり、自分のアイデンティティの拠り所《よりどころ》を求めて、苦悩を深めねばならなかった。これはまさに、作者の体質そのものであって、作者自身も八月二十九日の日記に「山村政明君について書くことは、気質的には自分自身について書くことに等しい。遺稿集を読んでみてそう思った」(同、五四六頁)と記述しているとおりであって、このことが逆に最後まで小説化することができなかった理由と思われるのである。

孤独とプライドと

その他、この時期に書かれた中・短編小説のうち、『石の道』（一九七三年）が、芥川賞候補作となっている。

この作品の主人公も在日二世であるが、作者には珍しく若い女性が主人公となっている。彼女は、幼少のときに両親を亡くし、同胞の家で家族同然に育てられたが、決して順調で幸せな人生を歩むことになっていかない。

今更《いまさら》かもしれないが、ここで改めて見ておくと、作者金鶴泳の小説で、明るいあるいは幸せな結末で終わるものは、ほぼ皆無である。大抵の場合、在日朝鮮人の主人公は、日本社会の偏見と差別のため就職も恋愛も思うにまかせず、不遇のままに孤独の中に生きていくよりほかはないのである。日本社会の差別は、作者にとって、残念ながら闘い、打破すべき対象でなくて、耐え忍んで生きていく絶対的な与件となってしまっているのである。

他方、彼をエリートとして支えてきたプライドは、自身を同胞社会に溶け込む「トバ口」を見失わせてしまった。そして個人を恋愛からも職業からも遠ざけたということは、つまりは広い世界の人間関係から遠ざけ、社会の片隅で孤独と闘うことのみが、生きる道として残されたのである。

なお、『石の道』のほかに、この間に書かれた『夏の亀裂』、『冬の光』、『鑿』の計四作品が、芥川賞候補作に挙げられた。作者としては、文壇へのデビュウは自分より遅かった李恢成《りかいせい》（イ・フェソン）が、一九七二年に在日朝鮮人として初の芥川賞受賞を果たしていることもあって、この間もこれらの作品が候補作に指名されるたびに、本選考の日を期待を大きくして待ち受けていた模様が、日記に窺《うかが》われる。それだけにまた、受賞を逸するたびのその落胆ぶりも大きく、忘我に至るまで酒に溺れ、深酔いして自分を慰めている様子が痛々しい。

第六章
統一日報社との二足の草鞋

機関紙コラム欄での吐露

一九七二年に韓国籍となった金鶴泳は、翌年二月より、統一日報社（同年八月までは、社名は統一朝鮮新聞社）に勤務を始めた。この新聞社は、在日韓国人向けの日本語機関紙を発行するもので、当然に北朝鮮の存在を強く意識した編集となっている。同紙は、一九七二年八月の社名変更とともに、それまでの週刊から日刊化されることになった。そして、金鶴泳は編集局長から、これを機にそれまでの週四日勤務から毎日の勤務にしてもらえないかと頼まれる。これに対して即答はしなかったが、同十五日の日記には、編集室。
新聞が日刊化されたら、毎日出勤する旨、李承牧編集局長に伝える。経済のためにそうせざるをえない。無念さと悲しみがある。小説だけで飯が食えるようになるのはいったいいつのことなのだろう。（「金鶴泳日記抄」、『凍える口――金鶴泳作品集』五七八頁）

と、記している。これを読む限り、新聞社勤務というのはまったく不本意ということではないにしても、心身に相当な負担を感じていたことも確かであろう。

新聞社の論説委員としては、毎週一回のコラム欄「ポプラ」と、後に月一回の「文化」欄の執筆がいわば最低の義務で、あとは書評等も不定期に書いている。「ポプラ」への執筆は、一回当たりは原稿用紙三枚程度で、それ自体の負担は大したことはないのだが、一九七四年から一九八四年までの十年間延べ五百回以上となると、途中何度も書く題材が枯渇《こかつ》して見つからず、締め切り間際まで七転八倒《しってんばっとう》している様が日記に書かれている。また、こんな調子であるから、原稿を推敲《すいこう》する時間もなかったと推測されるものもいくつもある。

題材に制約はなくあらゆる話題に及んでおり、一番多いのは作者の日常生活周辺のもので、飲み屋の話、映画の話、好きな紫陽花《あじさい》の話、友人の話等何でもありで、横暴な父親の話、かつて悩まされた吃音《きつおん》の話も出てくる。ただ、日韓の政治問題についてはほとんど扱われておらず、一九八〇年五月の光州《こうしゅう》事件についても、

テレビは韓国の学生のデモ隊と機動隊との攻防を報じていて、暴走バスが機動隊員をなぎ倒している光景や、装甲車がデモ隊にガスを噴射している光景などが映っていた。またも本国は騒動で揺れている。（「ポプラ」、「統一日報」一九八〇年五月二十一日）

と、記述するだけで、立ち入ったコメントは大変禁欲的である。その前年十月の朴正熙《ぼくせいき》（パク・チョンヒ）大統領暗殺事件についてはまったく扱ってもいない。これについては、新聞社全体の編集方針とか機関紙コラム欄としての制約があったのか、あるいは作者本人の関心の問題であったのかは不明である。

他方、日本社会に残る朝鮮人に対する差別、偏見の問題については、様々な角度から何度も記述している。その多くは、就職の問題や恋愛に関してであるが、これに関連して、在日韓国人の通称名の使用について、一九七六年八月に二度にわたって言及している。

そこでは、在日韓国人が通称名を使うのは、日本社会に、そうせざるを得ない一種独特な雰囲気がはびこっているせいだが、そんなことを言っていても問題は解決しないとして、

構えた姿勢でなく、自然な気持で本姓を名乗れるよう、まず韓国人としての主体性をみずからの中に鍛え上げること、ありきたりのことながら、通名の問題の本当の解決は結局そこを通ずるよりほかなさそうである。（同、一九七六年八月十八日）

と、先にも述べたように、このように機関紙編集委員としての作者は、総じて原則的な姿勢を崩さないが、ここでも、自分自身の反省を踏まえて「半日本人性」への決別の必要性を強く主張している。

もう一つ相当な頻度で書いているのは、北朝鮮の体制の非人道性についてである。それはまず、言論を封殺している政治体制に対する批判であるが、まったく満足に飯が食えていない体制であるにもかかわらず、逆の宣伝に片棒を担いでいる在日の朝鮮総連や、それを無批判に流している日本のマスコミに対しても、ほとんど怒りの言葉で終始している。そしてそのトップである金日成に対しては、肩書、敬称抜きで名指しで批判しているのである。

それらの一番大きな理由は、やはり、まだ高校を出たばかりの二人の妹を、彼女たちの言うままに北朝鮮に帰国させてしまった結果、今、取り返しのつかないことになってしまっているという激しい後悔の気持ちからであるが、「ポプラ」にもこの妹たちについて、四回切々と書いている。

妹が「北」に帰ると言い出したとき、（略）彼はしいて妹をとめなかった。「北」の実情について盲目だったし、それにその人間の生き方を決定する権利はあくまでもその人間にあると考えたからである。（略）

雨波貝《うばがい》をひろった日のことを思うたび、彼は胸が痛む。すでに妹を失ったも等しいからである。妹も、自分の人生を失ったも等しいからである。その怨念《おんねん》が、彼の生のひとつのバネのようなものになっている。（同、一九七六年九月十五日）

この上の妹は、満足に飯も食えず、今、結核になってしまっているという情報も耳にしている。また、その少し前の「ポプラ」には、下の妹が、姉を驚かしてやろうと、前もって何の連絡も相談もせず、突然平壌《ピョンヤン》の姉のアパートに姿を見せた結果、もう一つ悲劇を重ねてしまった顚末《てんまつ》を記しており（一九七六年四月二十日）、そこに加えて、北朝鮮の情報統制について、「いまでも私は、「北」の妹たちのことを思うたび、怒りとも悲しみともつかず息苦しい気持に襲われる」と、胸中を吐露している。

なお、「ポプラ」の記事に関して、もう一つ書きとどめておきたいものがある。それは一九七九年四月十八日のもので、そのコラムでは、本人もまさに「未練がましく」と書いているように、昔自分の下から去って行った女性の思い出について書いているが（それは前記『夏の亀裂』に登場する公子に該当する）、かつてその小説の中では、彼女も所詮《しょせん》、〝韓国人とは結婚できない〟というありふれた理由で去って行ったのだと、自分を納得させてきたのであった。だが、本当にそうだったのだろうかと、まったく突然にこのコラム欄で、振り返っているのである。

本当にそうだっただろうか。曖昧《あいまい》だったのはむしろ自分の方で、彼女はただ国籍とは関《かか》わりなく、〝確かな個性〟を求めていたにすぎなかったのではないか。
（略）私は韓国人とも日本人ともつかぬ人間で、自分のとるべき生き方もはっきりせず、彼女とともに歩むべき道も見えないようなありさまだったのだ。

と、自己批判しているのである。実のところ、このコラムは、先の小説執筆から五年も経ており、しかもそれが機関紙のコラム欄であることに奇異な感じがしなくもないが、それでも、作者の恋愛に対する真摯《しんし》な姿勢として評価すべきかとも考えられるし、かつての自分の「半日本人性」を客観的に総括し、決別できるまでに歳月を要したのだと、考えるべきかもしれない。

「文化」欄に記したこと

「文化」欄への執筆は、当初は不定期であったが、編集局長との話し合いの結果、一九七九年五月よりほぼ月に一回のペースでの執筆となっている。題材の制約も、長さの制約もなかったようで、作者としてはこちらの方はまだやりやすかったのではないだろうか。署名も、こちらでは最初から、「金鶴泳（作家）」にしている。

全体としては、作家としての日常生活を綴《つづ》った随筆という趣《おもむき》となっており、こちらの方も、政治的な話題はほとんど避けている。それでもさすがに、一九七九年十月の朴正熙大統領暗殺事件については触れており、「北」がこの機に乗じて侵入してこないかと危惧《きぐ》しているが、それだけで、翌年五月の光州事件は素通りである。

しかしこの、朴正熙暗殺事件にしても光州事件にしても、韓国人あるいは在日韓国人にとっても大事件であったことは、言うを俟《ま》たない。いくら「政治嫌い」の作者であったにしても、自分なりの意見があったはずであるし、当然に在日の知識人として語るべき見解はあったはずだ。実はこの期間は三年間ほど日記を中断しており、なぜ「ポプラ」にも「文化」欄にもこれら政治事件に沈黙したままであったのか、本音は推測するよりほかないのであるが、体制側である新聞の編集幹部の指針、指示があったと考えても、そう外れてはいないかもしれない。

そのほかは、やはり、「文化」欄という性格からか、日本社会に生きる在日韓国人の話題が、幼少時より自分の受けた差別体験の話を含めて、一番頻度も多い。また、関連して通称名を使うことについて、金史良《きんしりょう》（キム・サリャン）の小説『光の中に』に言及しながら、今になってもなお「心に武装を施したうえで本名を名乗っている」自分を告白しているものもあり（一九七九年五月十八日）、こちらの「文化」欄においても、日本社会の差別と偏見に立ち向かっていくには、「在日同胞の主体性の確立」が必要であるということが繰り返し強調されており、ここでも、オピニオンリーダーとしての立場を前面に出している。

小説家として、機関紙論説委員として

この時期は、小説家金鶴泳と民族機関紙の論説委員の、いわば二足の草鞋《わらじ》を履く生活を始めた時期であったが、この新聞社入社のきっかけがどのようなものであり、彼がそこに何を期待していたかについての正確なところはよくわからない。しかし、夜型の作家金鶴

泳にとって当然ながら毎日昼に出社することが求められる会社勤めとの両立は、まずは体力的な負担となっていたことは、当然であろう。

しかしもっと本質的なこととして、前述のとおり、民族機関紙の論説委員としては、その執筆内容には自ずから一定の制約があったことであろうが、小説家金鶴泳は民族の問題よりも何よりも、自分の苦悩を描き出すことに価値を置いており、そんな二つの世界は、彼の場合は、水と油と言っていいものであった。

さらにもっと言えば、彼の場合、なぜか統一日報社への入社とセットになっている国籍の韓国への移行が気になるところである。前述のとおり、国籍については、日記にはもっぱら子供の入学する学校の問題を、理由にあげている。しかし、常に「生」の悩みを自己の問題として、たとえ孤立することがあっても民族の問題に溶かし込むことなく、見据えてきた、そんな作者が、自分のアイデンティティの拠《よ》り所《どころ》として、どのような考えのもとでか、韓国の国籍を選び、しかも民族機関紙の論説委員として発信者の立場に身を置いたことに不可思議さを覚えざるを得ない。

当時、北朝鮮の国内事情が実は相当に厳しいとの情報も知り得ていたのであろうが、韓国の側も、民主化運動に対する弾圧は凄《すさ》まじいものとしてマスコミ報道を通じて広く日本でも伝えられ、独裁政権下の暗黒の政治体制と見なされていた。そんなときに在日の知識人である金鶴泳が入社してくることは、統一日報社側は大歓迎であったろう。だが、作家本人にとっては、どうだったのであろう。

作家金鶴泳の小説は、『凍《こご》える口』以降、この期の最後に書かれた『鑿《のみ》』に至るまで、その大半が、作家の私生活を反映する、いわば私小説的な作品である。しかし、それらはすべて作者が韓国籍となる以前のところまでを題材としており、韓国籍となり、統一日報社勤務となってからの体験が、直接的であれ間接的であれ、反映している小説は、まったくないのである。作家金鶴泳としては、その政治的な世界は、彼の小説世界には馴染《なじ》まないという思いがあったのかも知れないし、彼の小説家としての思考能力では、その政治世界を咀嚼《そしゃく》できなかったということを意味するのかもしれない。

いずれにしても、結果的には、それが作者が三十歳前後までの実生活を反映した一連の小説を書き終えた後は、小説が書けなくなってしまった一因ではないかと思われる。

第三部

晩年とその死

——『郷愁は終り、そしてわれらは——』から『土の悲しみ』まで

第七章
創作の苦しみ

書けなかった五年間

　この部分で対象となるのは、主に金鶴泳の四十代初めから、自死する四十六歳までということになるが、この間には長い空白の後、文芸誌に掲載された作品は『郷愁《きょうしゅう》は終《お》わり、そしてわれらは――』と短編小説『空白の人』だけで、あとは死後、机上に置かれていた小説『土の悲しみ』が発見され、遺稿《いこう》として掲載されたのみである。

　そのほかには、友人との縁をきっかけに、化粧品会社の広報誌に年に四回短編小説を寄稿することとなり、また統一日報紙には連載小説を書き始めたが、こちらは自死により中断ということになってしまった。いずれにしても、残された原稿量は、きわめて少ない期間である。

金鶴泳は、前記『鑿《のみ》』を一九七八年に発表し（「文学界」）、同年に短編『剝離《はくり》』を発表（「文体」）してから、一九八三年に『郷愁は終り、そしてわれらは——』を「新潮」に発表するまで、おおよそ五年間まったく小説が書けない期間が続いた。年齢にすると、三十九歳から四十四歳までの間ということになる。

本人は、もちろん書く気は満々とある。一九七九年六月十六日の統一日報「文化」欄には、自分の家庭について、「むしろ、まだまだ書き足りない気がしているのである。（沢部注・横暴な父親による）〝暗い家庭〟のあの恐怖を、もっともっと十全な形で表現したい、恐怖をそっくりそのまま読者に伝えたい、という欲望がある。意あれど才ともなわずで、まだそれを為《な》しえていないけれども、その欲望はつねに念頭にある」と、記している。

しかしここには、作家金鶴泳に、自身への欲目あるいは思い違いがあったと思わざるを得ない。

作者の父は、ずっと凄《すさ》まじい暴力を振るう存在であることに変わりはないが、前記の小説群で見たように、そのもとには、植民地体制下で、父の母と弟が悲惨な死に方をしたことが、その性格付けに大きく影響したのだと、父なりの歴史が理由にあるのだと知ったあとでは、以前のように単に「理不尽な暴力を振るう」、恐ろしい存在では最早《もはや》なくなっている。

「吃音《きつおん》」についても、すでに、『まなざしの壁』等で見たように、あれほど四六時中脳裏から離れなかった苦痛の源泉が、『凍《こご》える口』を書いたおかげで、「忘れてしまったような」ものとなってしまった以上、過去の回想場面では登場するにしても、主要な小説のテーマにはなりようがないのである。

そして何よりも、金鶴泳自身も自分の小説の中心的な主題であると考えていたはずの、「民族意識に悩む個の苦悩」の問題がある。在日二世として生まれながらも、日本社会の中で育ったことで身についてしまっている「半日本人性」と、周辺の同胞が当然のこととして彼に期待している民族意識との狭間《はざま》で、理屈ではわかっているものの、容易に割り切ることができない苦悩を描くことが終始作者にとってだけでなく、彼の読者も求めた中心的な課題であった。しかし、いくら小説の世界とは言え、民族機関紙のオピニオンリーダーを務める今となっては、民族意識と日本人的思考の狭間に悩む主人公を描くことはできぬ相談であった。

このように、作者が、小説の主要なテーマとしてきた「父親」も「吃音」も「民族意識」の問題も、この間に、自分の中で解決済みの課題であると整理してきた以上、それらをもって、小説の構想を築き上げる道はなくなってしまったのである。かといって、作者には、例えば李《り》恢成《かいせい》（イ・フェソン）のように、私的世界を足《あし》懸《がか》りに、在日同胞の世界あるいは民族の歴史といった広がりに触手を伸ばすタイプではないことは、自分でも分かっていた。そして次の小説の構想を求めて悶々《もんもん》と悩み、日記にも、やむを得ず酒に気晴らしを求める日々が続いている記載が痛々しい。

「文藝」の金鶴泳評

そんな中、一九七八年の雑誌「文藝《ぶんげい》」十二月号に、その年に刊行された金鶴泳の作品集（『あぶら蟬《ぜみ》』、『月食《げっしょく》』、『冬の光』、『鑿』の四作品）が対象とされている「読書鼎談《ていだん》」が掲載された。出席者は、桶谷《おけたに》秀昭《ひであき》、小田《おだ》実《まこと》、高井《たかい》有一《ゆういち》であるが、この鼎談は十二頁《ページ》に亘《わた》っている。その鼎談の中で三人そろって、このうちの『あぶら蟬』と『月食』の二作品は、金鶴泳が日本人の視点を入れようとしている姿勢は、今後の可能性を切り開くものとしてそこは買うにしても小説としての「出来が悪い」と一蹴《いっしゅう》して、あとはとくに『鑿』を俎上《そじょう》にのせて、在日朝鮮人文学としての発展の可能性について論じている。

この鼎談は、金鶴泳も読んだようで、同十一月二十三日の日記には、次のように記している。

文芸一二月号の読書鼎談「鑿」評を読む。評者は桶谷秀昭、小田実、高井有一の三氏。だいぶきびしいことをいっているが、いろいろと教えられる。殊《こと》に小田氏の提言。自分の文学について考える。〈遠き道〉にため息をつく思い。（「金鶴泳日記抄」、『凍える口――金鶴泳作品集』六六六頁）

ここで、小田氏の提言というのは、一つは、作者はこれからは、現在の自分と子供の関係を書いてほしいということと、過去を照射して、問題の所在を理解する上でも、現在の生活をもっと余裕をもって構造的に描くべきだというものである。つまり、金鶴泳の作品は、いつも自分がどのように今まで父親に苛《さいな》まれて生きてきたかということを切々と訴え、それはそれで理解されるとしても、それで終わってしまっており、どの小説もその繰り返しとなってしまっているという指摘である。

子供の立場は、「歴史の被害者である」父の、またその被害者であるので、二重の被害者として在日朝鮮人文学においても、書く方もまた読む方もすんなりと理解しやすいのであるが、それでは今度は、父親の立場に立って、子供に対してどのような考え方を、あるいは視点をもっているかを書けば、もっとふくらんだ在日朝鮮人文学に発展できるのではないかという指摘である。そして、それらを受けて、この鼎談の最後に、桶谷秀昭は、僕が望むとすれば、もっと複雑になっている、現代的な在日朝鮮人の問題というのにつき進んでいかないと、あまり繰り返しが多くなってもまずいんじゃないかという気がするんですね。次にはそこへ行ってほしいなという気がしますね。

と、締《し》めている。この小田にしても桶谷にしても、一般論としては、そのとおりだと思われる。ただしそれは金鶴泳が、自分は「在日朝鮮人文学」を書いているという意識があることが前提である。これには、在日朝鮮人文学とは何かという問題もからんできて、安直には答えられないが、少なくとも書いている作家本人に自分が在日朝鮮人であるという自覚があって、描かれる世界が朝鮮人として自分が生きていく上で、大いに関心、あるいは利害がある社会であることが前提であろう。

微妙なのは、ここである。これまで読んできたように、作者は自分が在日朝鮮人であるということ自体を、自分の内側に取り込むことに、大層苦労しなければならなかった。だが、それに容易に成功していないことも、読者の側は知っている。そして、読者の側が好感を持つのは、にもかかわらず、作者がそれに後ろめたさを覚え、なおも取り組む姿勢を投げ出したりしないことであった。もっと言えば、読者が金鶴泳に求めるのは、そんな世界の解釈ではなくて、そこで孤独であっても生きることを甘受する作者の姿勢であった。

そんな作者に、先の桶谷の言うような「現代的な在日朝鮮人の問題というのにつき進む」ことを要求するには、作者が自分のアイデンティティの拠《よ》り所《どころ》を民族社会の中心に置くことで、初めてその社会の前後、あるいは左右の広がりまで押さえることが可能となるのであり、自分がそんな処《ところ》に立っていないという自覚のある作者には、それは〈遠き道〉であり、新境地の創作の世界が切り開けぬままに、もがき続けることとなってしまったのである。

家計を圧迫する酒量

金鶴泳が、そもそも酒の味を覚えたのは、小学生のときに、父親の作る闇酒《やみざけ》を盗み呑《の》みしたときからだというから、相当な歴史を積んでいたようであるが、日記を読むと、もう学生時代には自宅や飲み屋でそれもかなりの頻度で酒を呑んでいたようである。しかも、酒量もだんだん増えてくる。

友人でもあった作家有馬《ありま》弘純《ひろずみ》の追悼《ついとう》文の一節にも、「金鶴泳はよく酒を飲んだ。こんな針金のように細い身体のどこにこれだけのアルコールがかけめぐる余地があるのだろうと思うほどよく飲んだ。彼は外では絶対に日本酒を口にしないという戒律を自分に課しており、いつも決まってサントリーの角《かく》びんをドクドクとグラスに注ぎ、氷の切れはしと水をほんの少し加えて飲んでいた」（有馬弘純「金鶴泳のこと」、『土の悲しみ――金鶴泳作品集Ⅱ』六七五頁）と書かれているが、酔うために呑む酒量は、半端ではなくなる。

とくに、芥川賞を逸《いっ》したときにはその失意を自ら慰めるために呑まざるを得なかったにしても、孤独感を脱するために、あるいは作品の構想に行き詰まったために呑む酒は、量にも頻度にも際限はなく、そのあくる日はとても小説を書けるような体調でなくなることに加え、家計にも大きな圧迫となる。

しばしば日記にも登場する西荻窪《にしおぎくぼ》のスタンドバーは、ママが金鶴泳の大変な理解者で、「代金はあるとき払い」でいいとされたことが、かえってストッパーの役とならなかったのであるが、それだけでは足らず、日記には、他所《よそ》の店にはしご酒をするために、質屋へ通わねばならなかった記述さえある。

この酒代が家計を強く圧迫していたことは確実であるが、収入の方から見ていくと、定時収入としては、統一日報社の給与が十四万円、実家からの支援が、月に十万円から二十万円に倍増され（「金鶴泳日記抄」一九七七年二月二十七日、『凍える口――金鶴泳作品集』六三九頁）、計三十四万円が定期収入である。そのほかには作家としての原稿料収入があるはずだが、寡作《かさく》の作者にはあてにできないことは、言うまでもない。ちなみに、一九七八年二月の日記には、確定申告での「昨年度の原稿収入はわずか七万四千円。数本のエッセイのみであった」と、記している。

なお、同時期の世間の平均給与は、二十三万五千円（厚生省毎勤統計）であったから、統一日報社からの給与も、実家からの支援も生計上不可欠であった。

父親の頑迷《がんめい》さには時として我慢できない思いがあっても、このようにその支援に頼り続けなくてはならないという屈辱感もあったが、統一日報社にしてもそれは同様で、いくら肌合いが違っても、我慢するよりほかはなかった。一九七三年十二月の日記には、給料の前借りに総務局長に会いに行ったおり、「新聞製作にもっと積極的に協力してほしいと、またしてもいわれる。背に腹はかえられず、カネのためにこんなことも忍ばねばならぬのかと思うと、苦しさと屈辱のあまり、どろりと涙がこぼれそうな気持」になったと記している（「金鶴泳日記抄」、同、五八三頁）。

そしてこの頃になると、あちこちで原稿料の前借りを重ねて、自転車操業のようになっているが、その大きな原因が前述の酒代の工面のためであることは、言うまでもない。

『郷愁は終り、そしてわれらは――』の成立

このような苦しい日々の中でやっと書き上げた小説『郷愁は終り、そしてわれらは――』は、一九八三年七月号の「新潮」に掲載された。その梗概《こうがい》は、次のとおりである。

石島誠市は、植民地時代にまだ十四歳の少年であったころ、一人朝鮮半島から渡来し、その後は戦中戦後を通じ一生懸命に働きとおして、今や日本に帰化して縫製会社の社長になっている。戦後二十年を過ぎ、仕事も生活も安定して郷愁が募ってきたところに、北朝鮮から来ているという正体不明の男の誘いに乗り、便宜も図られて北朝鮮に入国し、兄弟にも会い、長年念願であった両親の墓参りをすることができた。しかし、その見返りとして、スパイ活動の協力をすることを求められ、ソウルへ何度目かに渡航した折に、韓国政府にスパイ容疑で逮捕されてしまった。小説は、石島の日本人の愛人であり、協力者であった紀子の語りで進行する。

この小説は、スパイ事件の実話に基づいて書かれたもので、日記によると、最初は、一九七五年九月に在日韓国大使館の参事官に、その実話の小説化を勧められたものであった。大使館側は、この時期は韓国内での朴正熙《ぼくせいき》（パク・チョンヒ）政権による民主化運動の

弾圧の報道が大々的に日本のマスコミによって流されていたことから、そのバランス上からも、北朝鮮政治体制の非人道性を日本国内で流したいという意図があったとも見られている。とにかく、この作品に必要な様々な取材上の便宜が、大使館と統一日報社によって図られていることも事実である。

作者はその後、韓国の大田（テジョン）の刑務所に収監されている容疑者に会いに行ったり、東京にいるその愛人に会ったりして、材料を集めた。その過程では容疑者の言わば政治音痴のところに、自分に通じるものを感じ同情的にもなっている。しかし、もともと「政治」を遠ざけていた作者にはこのような世界の小説化は容易でなく、構想を纏《まと》めるにも長時間を要している。だが前述のとおり、長期に亘って小説を発表できていないという焦りもあり、四苦八苦しながらもやっと仕上げたものである。

評価されたくも、評価されず

この小説を仕上げるために長時間要しただけに、作者本人としては、今度こそ芥川賞で評価されたいという期待は、ひときわ強いものがあった。一九八三年十二月十四日の日記には、次のように記している。

「郷愁は終り、そしてわれらは――」によって、私は、どうしても賞を貰《もら》いたいと思っている。何よりも、まず、カネのためにだ。そう思わざるをえないところにまで、私は追い詰められている。そして、この作品は、受賞は不可能ではない、と作者として思っている。（「金鶴泳日記抄」、『凍える口――金鶴泳作品集』七〇七頁）

このような作者本人の思い入れにもかかわらず、世評は、決して芳《かんば》しいものではなかった。というより、この作品の単行本化に際し、「統一日報」紙の竹田青嗣《たけだせいじ》による紹介文（『竹田青嗣コレクション3』海鳥社、一九九七年所収）と毎日新聞の書評欄以外ではほとんど無視されたようである（後述のとおり、金鶴泳の死後、加藤典洋《かとうのりひろ》はこの作品を高く評価しているが）。

芥川賞に関して言えば、この小説は、候補作にもなり得ておらず、作者のいつもに増しての大きな落胆ぶりは、その後の何日もの日記に窺《うかが》えるところである。

作者の思いとしては、政治的事件を、物語性をもつ小説として構成を考えつくのにかつてないほど大層苦労したことからも、せめて候補作に選ばれてもいいはずだという気持ちもあったことであろう。

何故《なぜ》、同時代の批評家にこんなにも評価されなかったのか。評価されなかったことについては、文字でまったく残っていないために、あとは、推測を交えるほかない。

結論から言えば、要するに、構成に苦労したことの見返りなのであろうが、この作品が、単なるストーリー・テリングの政治小説になってしまっているということである。政治問題を文学で扱うとすれば、その登場人物は、個人を翻弄しようとする巨大な政治の波に飲み込まれまいと必死に抗《あらが》い、結果的に敗北することになっても、その闘う姿に読者は共感するものであろう。だが、この小説にあっては、石島は、北朝鮮のスパイ活動に加担することになったときも、通常その種の決断に伴うはずの、慄《おのの》きも恐怖感も逡巡《しゅんじゅん》も描かれていない。石島も愛人紀子も、まったく素直に言われるままにその波に乗って、前に進んでいくだけで、心理的葛藤《かっとう》も二人の間の対立もない。いわんや、予定したコースから外れたために登場人物が予想外の状況に苦悩するといった展開はあり得ないのである。

この小説が書かれてから二十年ほども経《た》った後であるが、磯貝治良《いそがいじろう》が、その評論集の中で、次のように書いている。

『郷愁は終り、そしてわれらは――』が発表されたのは一九八三年、沈黙から五年余ののちだった。金鶴泳の文学をささえていた凝視のリアリティが完全に崩れ去っていた。〈在日〉の境遇と実存意識を、外部世界を拒絶する強度において、弓をいっぱいにしぼるようにして描いてきた張りが、南北分断という「政治の物語」にながれることによって、たるんでしまったのだ。勿論《もちろん》、政治を描くことが文学の腐敗ではない。文学の「政治性」とは、「政治」の不条理とたたかってこそ獲得されるという、自己矛盾の緊張なのだろうが、この長編では題材にもたれかかった「政治」の物語化というほかなかった。（磯貝治良『〈在日〉文学論』新幹社、二〇〇四年）

磯貝治良の金鶴泳論には、手厳しいものが多いが、これについては、これ以上何のコメントも要するとは思われない。ただ、このような平坦な人物描写となってしまったのは、作者が政治世界へ不慣れなせいだけなのか、ここでも南北両国の緊張状態が強まる中で、一方の側の機関紙論説委員として言わばひも付きの資金、便宜供与を受けての執筆という制約の存在を、そこに考慮すべきなのか、確言はできない。

前述の、加藤典洋がこの作品を高く評価する一文とは、後日の『金鶴泳作品集成』（作品社、一九八六年）の付録の一節であるが、そこで加藤は「彼は彼の文学上の行詰りを『郷愁は終り、そしてわれらは――』で見事に打開した」と、フィクションの構築により、それまでどこにも自分の生きる場所をもてないとの思いに宙吊り《ちゅうづ》状態の世界に閉ざされていた作者を、この小説は解き放し生きる場所を作るものであったと、評価した。

もちろんこれは、金鶴泳の死後に書かれたものであるが、それまでの作品が在日二世としての自伝的な世界が大半であったことを念頭に置いたものであったと思われる。そしてさらには、加藤は、こののちも、「この小説は今後も読者を待ち続ける力をもつ」と断言している。その断言の根拠は不明と言うほかはない。

「後退」と評された『空白の人』

小説『空白の人』は、『郷愁は終り、そしてわれらは——』のほぼ一年後の一九八四年六月号の「文藝」に発表された短編（六十二枚）で、これが作者の生前最後に文芸誌に発表された小説ということになる。『郷愁は終り、そしてわれらは——』の世評の不振により、大きな脱力感に陥るのであるが、経済的な問題もあり、自らを奮い立たせてやっと書き上げたようである。

物語は、作者を彷彿《ほうふつ》とさせる在日二世で、民族系の新聞社に勤める金向純を語り手に進行する。その日は、大学卒業後二十周年の同窓会で、他のかつての同級生は、大半が大企業で然《しか》るべき地位を得ているのに、民族機関紙の社員という異分子になってしまっている向純は、当初はこの同窓会に出ることに消極的であった。

しかし、間際《まぎわ》になって、この同窓会に出席しようという気持ちになった。というのは、一年ほど前に送られてきた同窓会名簿の、藤井康男の欄は、百二十名ほどの同窓生の中で、ただ一人、職業欄が空白であったが、ひょっとしてその藤井に同窓会で会えるかもしれないと考えたからであった。

藤井は、向純と同じ在日韓国人であった。しかし、学生時代から藤井という通称名を使い、在日同胞とは誰とも付き合うことはせず、自然に、向純とも疎遠な関係のまま卒業した。

ところが、この二年前に向純の日本人の友人の相川から電話があり、相川の会社で化学の専門家を募集したところ、向純と同学の藤井という人物から応募があったと知らせてきた。相川の電話には深い意図は感じられず、また朝鮮人差別の気持ちもない男なので、向純はついうっかり藤井も在日韓国人だということを口にしてしまった。しかしその後の相川からの電話で、藤井が応募を辞退してきたというのを聞いて、向純は自分の軽口が関係しているのではないかと、少し気に病んでいたのであった。

結局、藤井は同窓会には来なかった。藤井があのとき、応募を取り下げた理由は分からずじまいになってしまったが、職業欄に記入すべき定職は今もないに違いない。四十歳を過ぎた男が定職を持たないで生きていくことは、決してたやすくはないであろう。

藤井康男のことを、今も通称名をつかい、日本人と日本社会の方ばかりに顔を向けている半日本人的な男だと蔑《さげす》んだものであったが、そういう向純自身も、今でこそ決別しているが、大学に入りたてのころは、やはり通称名を使いたがる半日本人であったことを思い出すのであった。在日韓国人である限り、本名であろうと通称名であろうと、日本の企業への就職の難しさは変わらない。にもかかわらず、藤井のことを、同胞学生を敬遠して日本人の方にばかり顔を向けていると、嫌悪と軽蔑《けいべつ》の目で見ていたのであるが、改めて考えてみると、自分も大差のない人間であったのだ。

　金鶴泳がこのような小説を書いた直接のきっかけとしては、日記によると、『郷愁は終り、そしてわれらは——』が本屋の店頭に並んだ一九八三年六月に、大学卒業二十周年の同窓会があり、そのときの模様がこの小説にそのまま生かされているようであるが、理由としてはやはりまずは経済的なことが大きかったのであろう。当時の日記によれば、『郷愁は終り、そしてわれらは——』を書き上げても、原稿料の大半はすでに前借りで費消しており、あとは、後述の「柿の葉」編集者からの原稿料の前借りなどで自転車操業に追われる始末であった。

　小説の内容的にも、まだなお通称名を使っている元同窓生の同胞のことを、蔑《さげす》みの気持ちも交えて語っているだけで、とくに目新しいものはない。ちなみに、加藤典洋は先に引用した『郷愁は終り、そしてわれらは——』の記述とともに、この小説についても触れているが、「この小説の一年後に発表された『空白の人』という短編に見られる、眼を覆いたくなるような彼の前作で到達した地点からの後退ぶり」と、この上ない手厳しい評価を下しているが、これはまったくそのとおりだと思われる。

第八章
死の間際まで続いた連載小説

完結を見なかった連載小説『序曲』

金鶴泳の小説が、生前に文芸誌に掲載されたのは、上述のとおり、『郷愁《きょうしゅう》は終《おわ》り、そしてわれらは――』と『空白の人』が最後であったが、そのほかに、統一日報紙の連載小説と広報誌「柿の葉」に掲載の短編小説が、死去する間際《まぎわ》まで続いていた。

統一日報紙上で、小説『序曲』の連載が始まったのは、一九八四年六月からであった。日記には、その半年ほど前に、統一日報社の社長に、春ごろから連載小説を書いてみないかと言われた旨《むね》の記述がある。その前には、しばしばコラム欄「ポプラ」の執筆のネタ探しに苦労している記述があり、これで苦労の多い「ポプラ」から解放されるのだという思いもあったろうし、連載小説というものに関心もあったようである。しかし本人も自覚していたとおり、執筆はスローモーであったし、納得がいくまで何度でも推敲《すいこう》を重ねるのが常であった作者には、このように日々原稿に追われる連載小説は自信がないが、「いまやカネのために、能力のあるなしにかまっていられない、そういうところに追い詰められているのも事実である」（「金鶴泳日記抄」一九八三年十二月二十四日、『凍える口――金鶴泳作品集』七〇八頁）と、悲壮な記述を残している。

小説の主人公は、例のとおり、作者を彷彿《ほうふつ》とさせる在日二世の青年、金祥一で、第一回目は彼がT大学の三年の専門課程に進んだ一九六〇年初夏から始まっている。このあと、作者の予定ではどこまでいくことになっていたのか、わかる術《すべ》はないが、作者の死去により、約半年後の百三十五回目で中断したときには、途中いくつかの回顧を挟むせいもあるが、時制的には、その年の夏休みまでしか進展していない。

そもそも、この小説には、途中に章立てとか節区分といったものがなく、一回目から百三十五回目まで切れ目なくずるずると続いている。意識すれば、途中でいくつかの区切りを入れることは、当然に可能であったはずであるが、そのことは、意識されなかったのであろうか。

というわけで、この小説の終着点は見えないのであるが、この小説の題名『序曲』について考えてみると、第百八回目で、主人公祥一は、下宿で友人伊吹の好きな（そして作者も好きな）バッハの管弦楽組曲第二番の「序曲」を聴いている場面で、「自分たちはいま、人生の序曲にいるようなものだな、と思ったものだった」との一節がある。もしこのことが、小説の表題と関係があるとしたら、この小説は、主人公の青春時代でひと区切りということなのかもしれない。

作者のこの時代を扱った小説には、前出の『夏の亀裂』がある。それとこの『序曲』との一番の違いは、こちらでは、祥一はすでに在日の韓国人になっていることであるが、敦《つる》賀《が》でパチンコ店を経営している父親も在日一世だが韓国籍となっており、在日韓国人向けの機関紙の連載小説だからやむを得ないのかもしれないが、親子間での思想上の対立はないことになり、単に在日一世固有の暴力的な父親ということになっている。

小説は、かつて『あるこーるらんぷ』などいくつかの作品で語られた、日本人との交際を禁止された妹の家出のこと、戦時中の祖母と叔父《おじ》の死のこと、今付き合っている女性、洋子と親しくなった経緯が祥一を主人公にして物語られるほかは、同じアパートの住人たちとの交流風景が描かれているだけで、まだ事件らしい事件にも進展していないので、評価は難しいところである。

しかしそれにしても、洋子については、祥一は、心身に渇望《かつぼう》が生じたときは、洋子のアパートへ行き、夕食を共にし、そのまま夜も共にしているにもかかわらず、洋子が自分についてこようと、懸命に難しい本にも取り組もうとしている姿を負担に感じ、ある日、「君と結婚はできないよ」と、言ってのけたのであった。洋子は日本人であり、彼は韓国人である。それに原因するいろいろな障壁がある。「洋子を幸福にできるとは思えなかった」からと、注釈、あるいは言いわけをしているが、ここでもやはり、国籍問題を絶対的な恋愛の障壁として持ち出しているのである。いくら読者に在日の韓国人を想定しているからといっても、ここまでくると、奇異としか思われなかったのではないだろうか。

とにかく、この恋愛問題にしてもこれまでの回想場面のみで、話の進展はこれからというところで、小説は中断ということになってしまったのであった。

広報誌「柿の葉」への寄稿

「柿の葉」は、ゼノア化粧品会社の広報誌で、年に四回発行されていた。広報誌といっても一冊五百円と有料で、執筆陣には錚々《そうそう》たる作家、評論家、科学者などが名前を連ねており、小型の総合雑誌のような体《てい》であった。それへ、金鶴泳は一九七九年から死去する前年の一九八四年まで、エッセイと短編小説とで合計十六回寄稿していた。

「柿の葉」とは、その編集長であった鳥居昭彦《とりいあきひこ》と親交のあったことが、執筆のきっかけとなったようであるが、二十枚の原稿を年に四回というのはそれほど大きな負担であったとは思われず、それよりもこの時期の作者には一回につき十三万円というのは、貴重な収入源であったようである。それどころか、当時の日記には、ほぼ毎回この十三万円の原稿料は前借りしており、それに加え、相当な金額の借金を頻繁《ひんぱん》に頼んでおり、鳥居は、晩年の金鶴泳にとっては、もっとも気の許せる、そして頼れる「年下の日本人の友人」ということであったと思われる。

短編小説の内容は、毎回二十枚程度ということもあって、日常生活の断片を記述したものが大半で、ほかにかつて付き合っていたらしい女性が登場するものもあるが、とくに新境地を切り開くものとはなっていない。

第九章
遺稿『土の悲しみ』から伝わってくること

発表までの経緯

小説『土の悲しみ』の原稿は、作者金鶴泳の死後、東京の彼の自宅の書斎の机の上に置いてあるのが発見され、同一九八五年の「新潮」七月号に遺稿《いこう》として掲載されたものである。

それまでの作品の場合は、作者は原稿料の前借りの必要もあって、大抵は書き上げる前から出版社と掲載の約束をしていたのに、この小説についてはその気配もないところを見ると、いつの頃からか、作者も遺稿という位置付けにしていたものと思われる。

しかし、作者が最初から、この小説を遺稿と意識して執筆していたとは思えない。そもそもこの小説の中で二つの柱となっている祖母の死と、元恋人の死は別々の作品として扱われてきたのである。

祖母の死が、最初に活字となって扱われたのは、一九七二年八月号「季刊評論」中の随筆で、このときすでに「土の悲しみ」という表題にしている。内容的には、祖母が祖父と渡来して二年目に自死した事実経緯を追ったものであるが、強《し》いて言えば、祖母の死んだのがそのときの作者と同じ三十三歳でいかにも若かったのだというのが、この随筆を書くきっかけであったということであった。

祖母の死が、次に出てくるのは、前出の小説『冬の光』（一九七六年）の中である。ここでは、父の気性が荒くなった原因として、父自身が語るように、叔父《おじ》の病死と祖母の自死を挙げている。さらにまた、統一日報「ポプラ」にも、「土の悲しみ」と題して一九八二年五月から六月にかけて三回にわたって祖母と叔父の死について詳しく述べ、最後にはそれらの無残な死が「民族の運命と深く結びついているところの人間の運命というもの」であったと、植民地下にあったための悲哀であったと結論付けている。

そして最終的にこの小説『土の悲しみ』においては、祖母が自死したことだけでなく、のちになってその遺骨が見つからなくて、その代わりに骨壺《こつつぼ》には自死した付近の土が収められてあるというのは、祖母が、「愛から最も遠く隔《へだ》たったところで果てた人」（『土の悲しみ』、『土の悲しみ——金鶴泳作品集Ⅱ』五三〇頁）であったからと、祖母をこの世に引きとどめる「愛」の不在が強調され、その連想で、唐突に異国で自死した元恋人の恭子の死が結び付けられるのであった。

このように、このたびの小説『土の悲しみ』も祖母の自死の理由について、作者の中での力点の変化も影響してか、日記によると、途中何度も草稿を書き直しており、いつの時点で最終的な形態となったのかは不明である。書き始めたのは、一九八三年十二月の日記に「次作『わが青春のレクイエム』の稿を起こす」とあり、次の一月には、「『わが青春のレクイエム』を『土の悲しみ』に改題する」とある。三月には、構想を変えると記しており、その先は、公表されている日記からは、この小説に関する記述は消えている。

その自死するまでの一年余りの残された日記のほとんどは、「死の穴に落ち込みかけた日」（「金鶴泳日記抄」一九八四年十月十九日、『凍える口——金鶴泳作品集』七一四頁）の記述が続いており、酒と精神安定剤を支えにこの世に踏みとどまって、統一日報の連続小説『序曲』の執筆という義務を果たしながらも、自らの死を重ねて原稿用紙に向き合ってこの小説を書き進めていた作者の姿を想像すると、壮絶な思いがする。

三人の自死

ここでいう三人とは、作中の祖母と元恋人の恭子、そして作者金鶴泳のことである。時系列でいえば、祖母の死は戦前のことであり、恭子の死は、この小説の主人公が三十歳前後の春休みに帰省した折に、その一年前にアメリカで自殺したのだと実家の母親から聞いたのであった。母によると、恭子は、夫の転勤でアメリカに移り住んだが、寂しさと育児ノイローゼで自殺したのではないかという（なお、主人公はこれを、その年末に回想しながら語っていることになっており、時制が入り組んでいることに注意を要するかもしれない）。

主人公の〈ぼく〉は、孤独に打ちひしがれて生の淵《ふち》ぎりぎりの境地にあったときに「一種の光のようなもの」を与えてくれた恭子を〈あなた〉と呼びかけ、「あなたの出現が、あのときのぼくにとって、どんなに大きな意味を持っていたか、おそらくあなたには想像もつきますまい」と言いながら、

当時、ぼくは、日が暮れるとともに自分を襲ってくる、どこからくるとも知れぬ疼《うず》きにも似た辛《つら》さの感情に苦しめられていました。（略）これを書いているいまもなお、それはさらに耐えがたいものとなって続いているのです。だからこそこれを書いているのであって、これがぼくにとって書くことの最後の営為なのです。（『土の悲し

み』、『土の悲しみ――金鶴泳作品集Ⅱ』五一八頁）

と、主人公の、すなわち作者の遠くない自死の暗示をしているのである。

この小説の主人公に語らせているように、作者の「疼きの感情の由来の根源」（同、五一九頁）であり、吃音《きつおん》の原因ともなった、母に対する父の暴力が絶えない恐ろしい家庭の、そもそもの原因となっている父親の凶暴な性格は、父がまだ少年であったときの祖母の自死と、そのあとの唯一の気を許す相手となるはずの叔父《おじ》の若いときの病による死により、父もまた「愛に恵まれぬ悲しみを舐《な》めつつ生きてきた」（同、五三〇頁）ためにつくられたものであると、理由付けしている。

これ自体には、間違いはないであろう。しかし、ここで大半の在日作家ならば、そのような祖母の自死と叔父の死は、日本による戦前の植民地支配の結果、もたらされたものであるとの告発を付け加えるはずである。だが、作者金鶴泳には、その発想はなかった。「いずれにせよ、祖母の無残な、そして叔父の無念な死について考えるとき、ぼくは、民族の運命と深く結びついている人間の運命というものを思わずにいられないのです」（同、五三二頁）と、戦前に日本軍国主義が犯した具体的な罪科の問題を素通りして、運命論にたどり着いてしまうのである。作者は、自分のアイデンティティの拠《よ》り所《どころ》を、たとえ孤立することになっても、民族に溶け込ますことはしなかったのである。

　あとは、先の引用のつづきで述べているように、日々波状的に襲ってくる「死の衝動」と闘うことしかなかった。それも、この小説にも作者の日記にもあるように、素面《しらふ》では闘い得ず、酒と、さらには精神安定剤の助けを借りて、やり過ごす毎日であった。しかしそんな「半分死の世界と綱引きしていた[*1]」ような日々を、いつまでも続けられるはずはなかった。作者金鶴泳は、それから幾《いく》ばくもしないうちに、群馬県の実家で自死を遂げることとなってしまったのであった。

祖母の悲しみと、父の無念

『土の悲しみ』とは、まずは生前に誰からも愛情を注がれることもなく、死んだ後も遺骨の所在がわからぬままに、骨の替わりに骨壺《こつつぼ》に自死した近辺の土で代用してあったという、祖母のあまりにも哀れな運命を指しているものと考えて間違いないであろう。

　しかし、それは祖母の「悲しみ」にとどまらない。付近を必死に探して、それでも遺骨を見つけることができず、土を骨壺に入れて代用にしなければならなかった父親の無念さも繰り返し語られているところである。そしてまた作者自身にしても、祖母のあまりにも早い自死とそのために凶暴となった父親が支配していた荒涼とした空気が立ち込めている家庭からは逃れようもない自分の宿命をそこに感じていたことであろう。作者は、そこから抜け出そうにも、自分の生涯には、自分の愛情を正面から受け止めてくれて、それに応えてくれる相手を見出せないでいる悲しみを、改めてひしひしと感じざるを得なかったことであろう。

この小説『土の悲しみ』は、作者がどれほど意図的であったかわからないが、植民地体制下に渡来し、若くして孤独に耐えきれずこの地で自死した祖母、ともに家庭を築くべき母親をまだ少年時代に亡くしたのに続いて、唯一の兄弟もこの地で病で亡くした後は、遮《しゃ》二無二《にむに》働いて、周囲の差別や貧困と闘ってきた父が権力的に支配してきたこの家、そして、ここで在日朝鮮人二世として孤独感に苛《さいな》まれながら育った作者本人という三代を、まさに遺稿というのに相応《ふさわ》しいパノラマのように描いた作品となっている。

自分の生涯を、そのようにしか振り返られなかったとき、作者は、自分の死ぬべき場所としてはこの実家を選ぶよりほかはなく、このあと、この作品を遺書に、早々に自分の生を閉じる道に向かっていったのではなかったろうか。

＊1―鳥居昭彦、竹田青嗣との金鶴泳追悼対談（「柿の葉」No.51、一九八五年四月十五日発行）より。

馴染みの世界に遊ぶ安らぎ

第三部では、第二部の最後に『鑿《のみ》』を執筆（三十九歳、一九七八年）して以降、自死（四十六歳、一九八五年）に至るまでの、金鶴泳の晩年を対象とした。この期間は、韓国においてはひときわ厳しい民主化運動に対する弾圧が行われており、また一九七九年十月の朴正熙大統領の暗殺、一九八〇年五月の光州《こうしゅう》事件など、まさに歴史的な事件が続発している期間にもかかわらず、これらに対する金鶴泳の反応あるいは感想を知ることは、容易ではない。

まず日記だがどういうわけか、一九七九年六月から一九八二年五月まで中断しているのである。本人の談によれば、高校卒業以来長年日記をつけてきたが、「自分で自分の傷を舐《な》めているような日記に、倦《う》んだ」（「日記」、「柿の葉」Vol.34、一九七九年十二月二十五日発行）からと中断の理由付けをしているが、結果的には、朴正熙暗殺事件も光州事件もこの中断期間にすっぽり入っており、それへの反応を日記から知ることは不可能になっている。

「統一日報」の論説委員としては、さすがにこの間も執筆義務を果たしているが、これら二つの大きな事件については、本国で事件があった旨《むね》のみを自分のコラム欄で簡単に記しているが、自身の特段の感想は加えられていない。

そして、本業の（と、作家自身は考えているはずの）小説、エッセイの分野では、前述のとおり、この期間には、『郷愁は終り、そしてわれらは――』から遺作『土の悲しみ』まで入れても、おそろしく寡作《かさく》であるが、それらには、本国の情勢どころか、作家自身の韓国国籍取得後あるいは統一日報社入社後の体験を反映したものはまったくないのである。これについても前述のとおりだが、彼には自分の小説の世界には「政治」は馴染《なじ》まない、あるいは咀嚼《そしゃく》しきれないとの思いがあったせいであろうか。

または、序章で述べたとおり、金石範《きんせきはん》（キム・ソクポム）の言うような韓国筋から金鶴泳の発言に対する制約とか箍《たが》があって、執筆の自由はなくなっていたということであろうか。

いずれが真実なのか、現時点では判断はつきかねるが、とにかくも自分の青春までの自伝的な世界を描いたのちは、新しい作品の世界を切り開けぬままに、自死に向かうよりほかはなかったのである。そう思って読むと、遺作『土の悲しみ』は、寂しく悲しい内容であるにかかわらず、最後に、どこか自分の馴染みの世界に遊ぶ作者のホッとした安らぎの気持ちが伝わってくるのである。

終章
今日、金鶴泳を読むということ

痛みを知らない国民

一九八五年に金鶴泳が亡くなってから、三十五年たつ。改めて考えてみると、この三十五年間には、東西の冷戦体制の終焉《しゅうえん》を背景に、日本、韓国ともに大きな社会・政治情勢の変遷を辿《たど》っており、それを反映して両国の国家間の政治的な関係は、幾多《いくた》の紆余《うよ》曲折《きょくせつ》を経て今日戦後最悪と言われる事態に至っているが、日本人社会と在日韓国人社会との市民レベルの関係は必ずしもそれと軌《き》を一《いつ》にしているわけでもないことに注意を払うべきであろう。

後述のとおり、この十年あまりは両国間で好ましくない事象が発生する都度、世界的な風潮の影響もあって日本社会の一部にレイシズムに走る輩《やから》も出ていることを無視はできないが、それでも、それ以前の金大中《きんだいちゅう》（キム・デジュン）、盧武鉉（ノ・ムヒョン）時代にベースが築かれた両国民の開かれた関係は、そう簡単に壊れるものではない。とくに日本では韓流ブームを底流に、映画、小説、ポップミュージック、食べ物等の韓国文化を人々が競って受容するような時代が来ることを、二十世紀には誰もが想像できなかったはずである。そして、日本政府の公的分野にまだ遅れている部分はあるが、私企業においては、今や大半が在日韓国人の採用もまったく差別なく行っており、また在日韓国人の側も、これはそれ以前の日本の国籍法の改正（一九八五年）も大きく作用しているが、日本人との国際結婚、帰化等の増大により、「在日」の輪郭は、ますます明確でなくなっているのが実状である。

しかし、これらについては、まったく注釈抜きで結構なことと、こと済ますわけにはいかないのである。

今から六十年前に、藤島宇内《ふじしまうだい》は、日本人である限り背負い続けなければならない三つの原罪として、沖縄問題、被差別部落の問題と並んで、朝鮮人問題、とくに在日朝鮮人問題を挙げている（藤島宇内『日本の民族運動』弘文堂、一九六〇年）。これに対し、今日の日本の支配階級の多くは、かつてアイヌ民族の問題でもそうであったように、また今日、被差別部落の問題がそうであるように、朝鮮人問題についても、世代交代が進むとともに、過去の差別の記憶が薄らぎ、やがては消滅していくことが最も簡便な解決法であると考えているとしか思えない局面に出会うのである。[*1]

だが、事がそんなに簡単に進むものではないこともまた、事実が証明している。現に、植民地時代の従軍慰安婦問題、[*2]徴用工問題[*3]については、相手方が日本の認識に異論を唱え

＊1―二〇一五年八月、安倍晋三《あべしんぞう》総理大臣（当時）が発表した「戦後70年談話」の一節。「日本では、戦後生まれの世代が、今や人口の八割を超えています。あの戦争には何らかかわりのない、私たちの子や孫、そしてその先の世代の子どもたちに、謝罪を続ける宿命を背負わせてはなりません。（略）」。これは、ドイツのヴァイツゼッカー元大統領やメルケル元首相が行った有名な演説と比べると、見事に対比を成している。

＊2―一九九一年に韓国人の金学順（キム・ハクスン）他三十五名が、自分たちは戦時中日本軍に連行され、従軍慰安婦とされたとの記者会見を行った。これに関してその後、当時の日本の公権力の関与についてや、日本政府の謝罪と賠償のありようについて日韓の政府ならびに社会の見解はすれ違ったまま、両国間の政治的な課題として今日に至っている。

＊3―戦時中、朝鮮人は日本企業において奴隷的な就労環境に置かれたことに対し賠償を求める訴訟において、二〇一八年に韓国の大法廷は、三菱重工業に賠償を求める判決を出した。これに対して日本政府は、一九六五年の日韓条約においてこれらの補償問題を含めて日韓両国間で解決済みとの姿勢を崩さず、今日に至っている。

ているだけでなく、日本社会の中でも、その理解に意見が分かれている。民族意識を共有するためには、まずは日本社会の中で歴史認識が共有されることが第一歩である。尹健次（ユン・コォンチャ）は、そのことを、著作で簡明に指摘している。

端的にいって、真正《しんせい》な意味で「日本人としての民族的自覚」が希薄な現実において、日本人と「在日」が共生しうる基盤は脆弱《ぜいじゃく》なままであるというしかない。「日本人としての民族的自覚」という言い方に、どうしても違和感があるというなら、「日本人としての歴史的自覚」ないしは「過去をふまえた歴史意識」といってもよいが、その意味内容はほとんど同じである。「歴史オンチ」は「民族オンチ」であり、歴史抜き、民族抜きの「地球市民」や「コスモポリタン」はあまり意味をなさない。（尹健次『在日の精神史3』岩波書店、二〇一五年）

ここに指摘されているとおり、この地に住む大半の日本人は、自分が何者か、何国人かなどということは日々改めて考えることなく生活しており、まれに書留を受け取る折などに「身分証明を」と言われて、慌てて運転免許証とかパスポートを探し出すだけである。つまり、この地に生まれそして生活し、言語も国籍も属する社会（＝民族）にも寸分《すんぶん》の

「ずれ」がない以上、自分が日本人であるということを特段に意識することのない者の集団として日本社会が成り立っているのである。そんな中では、自らのアイデンティティのあり様に鈍感になっているだけではない。自分の周辺にあっても少数の者や弱き者などは目に入らなければ素通りしていくことが習い性となっているのである。それどころか、目に入りそうになったら慌てて目を背《そむ》けることも珍しくない。痛みを知らない国民は、自分が加害者になっていることにも目を背けるのである。それはもちろん、他人事《ひとごと》ではなかった。

橋渡し役として

私にも、多くはないが、在日の友人がいた。そのうちの一人は、中卒で土木作業員となり、二十歳そこそこでダンプトラックに轢《ひ》かれ、死んでしまった。もう一人、もう少し親しかった友人は、私が大学紛争に気を取られている間に北朝鮮に帰国してしまった。あとになってそれを知ったとき、彼らの不在となってしまった理由には、私に関《かか》わるものはなかったということはわかっていたはずだが、私のうちになぜか後ろめたいようなもやもや感を覚えねばならなかった。そのもやもや感の正体はわからぬまま、どこか引っかかるものがありながらも、日常の生活には何の差しさわりもないことからも、心の隅にもやもやのままずっと残るにまかせていた。

そんなもやもやの中で、それまで縁のなかった在日朝鮮人文学を手にしたのはまったくの偶然であった。確か、梁石日（ヤン・ソギル）の『夜を賭《か》けて』（日本放送出版協会、一九九四年）が最初で、その面白さにひかれて、梁石日の他の小説に加え、金石範《きんせきはん》（キム・ソクポム）、李恢成《りかいせい》（イ・フェソン）等、今から思うと、在日二世作家の小説をたて続けに読んでいった。これらの小説を読む中で、私は、日本で暮らす朝鮮人という少数派の人々の苦悩、苦痛が多数派の日本人のせいであり、しかもそれが歴史的にも植民地時代を経て、ずっとそのまま強《し》いられてきたものであることを改めて知ったのであった。

本当はそんなことは、かつて書物で読んでとっくに知っているはずのことであった。だが、これら文学の生きた人間の語り口によって、私の中で在日朝鮮人をめぐって真実を覆っていたもやもやが少しずつ薄らいでいく気分であった。

もう一つ、これら在日朝鮮人文学で圧倒されたのは、登場人物の、日本文学では出会ったことのない人物像であった。大抵の場合、彼らは、日本人の蔑視《べっし》、差別に遭《あ》いながらも、人間性豊かに逞《たくま》しく生きていく姿を見せていた。そしてなによりも、彼らがその境遇から抜け出すためにも、在日であるからこそ民族の魂の拠《よ》り所《どころ》として、分断している祖国の統一を希求する姿は眩《まばゆ》いほどであった。

そんな中に、金鶴泳がいた。彼は、他の作者と違って、大声で訴えることはしなかったが、やはり、同胞への愛、民族への愛、そして家族への愛を持とうとしていた。しかし、そもそもは吃音《きつおん》と強い自尊心のせいもあったのであろうが、相手方に常に距離をおいていた彼は、小田実《おだまこと》や桶谷秀昭《おけたにひであき》の言うように（第七章、「文藝《ぶんげい》」読書鼎談《ていだん》）、在日朝鮮人社会や家族の問題に広く、そして深く取り組むことはしなかった。その結果、相手に向けてその自分の愛をどのように表現し、また返ってくる愛をどのように受け止めていいのかわからぬまま、いつも戸惑《とまど》わなければならなかった。

そんな不器用な彼は、孤独に追いやられ、ついには疲れ果ててしまうのだが、それにもかかわらず決して投げ出したりせず、いつもひたすらに真摯《しんし》に向かおうとする姿は感動的であった。また彼には、自分の弱さを真正面から直視して、目をそらさない強さもあった。時に高慢《こうまん》な自尊心を見せつけられて腹立たしい気分を味わわせられながらも、それが彼が生きていく上での、細々としたつっかい棒だったと納得のいくものであった。そればかりではない。今日、この社会の先行きがますます不透明となっていく中で、目先の安易な道に妥協しないで、地道であっても己《おのれ》が信じる道を歩み続けることの意味を、作品を読む者に常に考えさせるものであった。

そんな金鶴泳はまた、自分の生き甲斐《いがい》を求める上で、「個」として在日朝鮮人である自らのアイデンティティのありようを探しながらも、決して安直に「民族」に溶かし込むことはしなかった。

そのような金鶴泳の文学の後を継ぎ、一九八〇年代に至ると、同じ在日二世ではあるがもう一つ若い世代の、たとえば李良枝（イ・ヤンジ）、深沢夏衣《ふかさわかい》の作品に見るように、その悩み苦しみは在日朝鮮人であることに通底してはいるが、彼らの抱える個々の多岐にわたる問題すべてが、民族あるいは政治問題として解決され得るものではないことも意識されるようになり、ここに在日朝鮮人文学の世界にも多くの女性作家の登場を見るようになるのであるが（竹内栄美子『〈在日〉文学全集 第十四巻』解説、勉誠出版、二〇〇六年）、そのあとさらに続く在日二世、三世がアイデンティティのありようを求めて様々に苦悩する姿を理解する上でも、金鶴泳文学は、我々に大きな橋渡し役となっているのである。

金鶴泳に続く在日朝鮮人文学

在日朝鮮人の二世や三世にしても戦後五十年を経るころには、この間に築かれた生活基盤を考えるにつけ、現実的にはここ日本で生きていくよりほかはないと頭ではわかりつつも、一方、前述の国際結婚や帰化により、自分のアイデンティティの所在を突き詰めようとして、ますます混迷する状況を迎える場面も少なくなかった。

李良枝（一九五五年生まれ）は、九歳のときに帰化したのだが、自分のアイデンティティはあくまで韓国にしかありえないと考えながらも、生まれてこの方日本語文化のみで育ってきた自分が、いかにしたら祖国の魂を取り戻せるのかわからぬままに、悩み苦しまねばならなかった。彼女の作品『ナビ・タリョン』（一九八三年）には次のような一節がある。


黙っていた哲ちゃん（沢部注・主人公愛子の長兄）が口を開いた。

「けどな愛子、オレは自分を日本人だと思って生きているよ、そう決めたんだ」

「哲ちゃん、帰化したって朝鮮人は朝鮮人よ。そんなあっさり日本人にならないでよ」

「いや、あっさりなんかじゃないよ。オヤジが帰化した時、オレは反対したんだ。民族を裏切るのかって。おまえはまだ幼稚園だったから知らないと思うけど、オヤジは帰化したよ。役所に日参してさ（略）」（李良枝『ナビ・タリョン』講談社文庫、一九八九年）

李良枝は、そのようなくすぶる思いを抱えながら日々を送る中で、ある日、当時通っていた早稲田大学の学友に伽耶琴《かやきん》（カヤグム）のことを聞き、言葉以外にも、韓国文化、芸術に韓国の魂を我がものとするためのとっかかりの手段があるのではないかと、伽耶琴、韓国舞踏に情熱を注ぐようになり、ついには韓国留学に向かうこととなるのであった。
もう一人、在日二世の作家、深沢夏衣（一九四三年生まれ）は、高校時代に日本に帰化したが、小説『夜の子供』（一九九二年）において、主人公の明子が語るように、帰化して取得した日本国籍を前提にしながらも自分が在日韓国人であることの民族性も維持したいと二つの国の狭間《はざま》で何とか生きる道はないかと思案するのであった。深沢は、後年、この明子の考えと同趣旨のことを、エッセイにもっと明確に語っている。

昨日まで在日として生きてきたひとが、今日日本国籍になったからといって自分のこれまでの歴史を捨てることなどできないし、また捨てる必要もない。名前だって変える必要はない。要するに自分の在日性を捨てず、自分自身を否定せず、損なわずに日本社会に入っていくことができれば、さらなるアイデンティティに苦しむこともないのである。私は、そういうかたちで在日が国籍を選び、また日本社会もそれを認め、受け容《い》れてほしいと思う。（深沢夏衣『在日、アイデンティティのゆくえ』、『深沢夏衣作品集』新幹社、二〇一五年）

しかし今日、日本社会は多くの帰化人を受け入れているが、受け入れるにあたっては、これらの人々に日本文化への同化を迫っているのが、現実である。日本が、深沢夏衣の言うように、「帰化しても、少数民族のそれぞれの文化が尊重される形で共存する」多文化国家に生まれ変わり得るものであろうか。

西川《にしかわ》長夫《ながお》が、二十世紀末の時点では多文化国家のある種の理念形として紹介していたオーストラリアやカナダにあっても、[*4] 近年の世界的なレイシズムの動きの活発化の影響は、無視できないものとなっていると聞く。とくに、アメリカのトランプ大統領の登場による、民族に限らない少人数グループに対する迫害と排除の姿勢は、諸外国にも大きな影響を与えている。現に英国においても、多文化主義の下に社会、経済の繁栄が成り立っていたものを、二〇一六年の国民投票で五二パーセントの賛成でEU離脱を決めてしまった。

小熊《おぐま》英二《えいじ》は、その著書で戦前よりの日本の様々な民族論を紹介しているが、その中で、とくに保守系の論者を中心に、日本は終始、天皇を頂点としている家族国家的な統治が主要なものであったことを紹介している。戦後も、一時は日本民族の単一民族論が主流にあったが、経済力の拡充等からもだんだんと単一民族論では立ち行かなくなると、「混合民族論」を主張する論者が増えていることを紹介している（小熊英二『単一民族神話の起源』新曜社、一九九五年）。

しかしその場合でも、同書に梅原《うめはら》猛《たけし》の講演が引用されているが、「日本の文化には同一化の原理が働いている。つまり、人種の違った人々を同一化するたいへんすぐれた工夫が日本文化の根底にある」との主張は、深沢の期待とは正反対の方向にあるのである。それどころか近年、日本の保守勢力は、政治、教育の両面にわたって、ますます国民に天皇制を中核とする家族主義的な道徳律の浸透に力を入れ、そこからはみだすことを許容しないという政策を辿っているとしか思えないことには、危惧《きぐ》を覚えざるを得ない。

そしてもう一点、とくに在日一世、二世にあっても、そのこだわりはすでに一部になってしまっているのかもしれないが、帰化＝日本国籍への変更には、看過《かんか》できない植民地時代の歴史の記憶の整理が必要である。[*5] これはむしろ、日本人社会の側が、当事者としてもっと大きな責任感を持って総括をすべき問題であるのだが、それについても一向に進展が見られない。

今日、在日朝鮮人文学を学ぶことの大きな意義はそこにあるものと思われるものであり、今後も、それを指標として見失うことなく、学び続けることとしたい。

＊4―西川長夫『国境の越え方』(平凡社、二〇〇一年)。本書において、一九七一年にカナダが、一九七三年にオーストラリアが国是として多文化主義を採用したことを紹介している。

＊5―中村一成《なかむらいるそん》『ルポ 思想としての朝鮮籍』(岩波書店、二〇一七年)参照。

補遺

小説『錯迷』と国籍の変更

その後の金鶴泳の前章として

金鶴泳の小説『錯迷《さくめい》』は、一九七一年七月号の雑誌「文芸」に初出、掲載された。『錯迷』の執筆自体は、前作の『まなざしの壁』（一九六九年）直後から始めていたようであるが、日記によると、例のごとく、何度かの推敲《すいこう》を重ねるのに時間をかけねばならなかったことに加え、途中で壁にぶつかって執筆が前に進めず、中断して次作に予定していた『あるこーるらんぷ』の執筆にとりかかったということもあったという。それがどのような「壁」であったのかは日記にも記載はなく想像するほかはないが、この結果、『錯迷』の雑誌掲載は、金鶴泳の市役所での韓国への国籍移行手続き（一九七一年一月）後ということになってしまったのである（それまでは「朝鮮」籍であった）。

この小説の書かれた一九七〇年前後というのは終戦から二十五年を過ぎ、途中に朝鮮戦争（一九五〇年〜五三年）を挟んで日本経済はその特需で大いに漁夫《ぎょふ》の利を得たのに対し、在日朝鮮人は祖国の分裂がもたらした住民間の反目が、だんだんと深刻な亀裂《きれつ》へと発展していった時期でもあった。

この時期、金鶴泳は、東京大学の大学院博士課程で化学工学の研究を行っていたが、同時に一九六六年に文藝《ぶんげい》賞を受賞して以降は作家として、年に一作ほどのペースで中編小説を発表していた。それらの小説の多くは、在日二世ではあるが日本で生まれ育った自分が、朝鮮人としての民族意識をちゃんと持てぬままにこの日本社会でいかに生きてゆくべきかと思い悩む姿を描いたものであった。日本の地元の学校では小学校以来学業の成績は優秀で、ずっと級長をやるほどであったのに対し、朝鮮は、祖国といっても一度も足も踏み入れたこともない遠い国であったのだ。

実のところ、作者を朝鮮から遠ざける別の理由もあった。その一つは、朝鮮という国については、彼の周辺にいた学生活動家たちを、小説『凍える口《くち》』の中で大学構内で出会った北朝鮮系の活動家金文基（キム・ムンギ）のことを「政治的人間」と揶揄《やゆ》した表現で形容しているように、作者にとっては「政治を除いたら何も残らないような干からびた共産主義者たち」の国であることと、後述のとおり、何よりも嫌悪の対象である父親の信奉する国であることが大きな理由であった。

しかし、作者は、前作『まなざしの壁』を書くころにいたり、この間、担任教授の努力にもかかわらず、就職先がいっこうに決められないことなど、この差別と偏見に囲まれた日本社会においてこれ以上生きていく道が見つからないのなら、この先は自分の中の半チョッパリ根性とは決別し、自分の生きがいは、朝鮮の役に立つ方にしかないのではないかと思案し始めていた（なお、半チョッパリとは、元々戦前朝鮮で日本人に対する蔑称《べっしょう》として使われたチョッパリ《足割》に由来する。日本人が履いていた足袋《たび》、下駄《げた》が足先で分かれているのは獣のつま先みたいだというところが語源である。そこで、朝鮮人なのに日本人的なところを抱えている者を半チョッパリ《半日本人》と、これも蔑称として使った）。

現にこの時代にはまだ日本社会は、在日朝鮮人に対し、公的機関も私企業も就労の門戸を閉ざしており、一九七〇年代に至って差別を受けた当事者により法廷にその決着が求められた結果、やっとその理不尽な差別を違憲とする判決が出されたのであった。[*1] ちなみに、作者は、この『まなざしの壁』の中で、主人公に次のように語らせている。

朝鮮人は、大学を出ても、就職することさえできない、その事実は、しかし、彼を慄然とさせた。日本に住む朝鮮人の置かれている現実を、心底から理解できたような気がした。これが朝鮮人なんだ、と彼は思った。日本の社会では、朝鮮人であるということは、それだけですでに、ある重荷を背負わされた存在なのだ。しかもその朝鮮人を日本人は、汚ないといっては侮蔑《ぶべつ》し、貧乏だといってはあざ笑い、非文明的で野蛮だといっては憎悪する！――（『まなざしの壁』、『土の悲しみ――金鶴泳作品集Ⅱ』二八六頁）

このように、『まなざしの壁』の終局には、迷いながらも自分の生きる道は日本にはなく、朝鮮に求めるほかはない、そのためにももっと朝鮮のことを知りたいと考えるに至った様子が描かれる。そして、これを受けて本作『錯迷』において、作者の朝鮮への接近の様子が描かれるのである。なお、金鶴泳の学生時代の一九六〇年代の前半、とくに日韓条約締結前は、在日朝鮮人の六、七割が「朝鮮」籍であったこともあり（水野直樹・文京洙『在日朝鮮人』岩波新書、二〇一五年）、『まなざしの壁』以前の作品においては、朝鮮戦争が話

＊1―日立製作所入社を拒否された在日朝鮮人朴鐘碩（パク・チョンソク）が横浜地裁に提訴した裁判は、一九七四年に不当差別を違法とする判決が初めて出された。崔勝久（チェ・スング）・加藤千香子《かとうちかこ》編『日本における多文化共生とは何か』（新曜社、二〇〇八年）による。

題の場合を除くと北朝鮮と韓国の峻別《しゅんべつ》はせず、すべて「朝鮮」と記述されている。

また彼の思考においても厳密な区分はないと思われ、朝鮮は全体として、嫌悪すべき「政治的人間」たちの国であり「暴力的な父親」の信奉する国であった。それが、この『錯迷』において、北朝鮮系の日本国内の組織の非人道的な実態や父親のこれ以上許容できない暴力的な有り様を思い浮かべる中で、北朝鮮を明確に峻別し、韓国の方へ思考が接近していく模様が描かれる。

小説は、作者を投影した主人公の在日二世の申淳一《しんじゅんいち》が、大学院を出た後で助手として勤務している仙台の大学の研究室に、学生時代に同級生だった鄭容慎《ていようしん》(チョン・ヨンシン)が、ある日、八年ぶりに会いにやってきた一日の出来事として描かれる。久しぶりに会う鄭容慎の登場により、淳一は自分の学生時代を思い出し、それの連想は、当時も暗く陰惨であった実家のこと、そしてそこから逃れ出るように北朝鮮へ帰国した妹たちのことへと、回想は連なっていく。

ここに、この先自分の歩むべき道について思い悩む主人公申淳一の周辺で、自らのアイデンティティを求めてそれぞれに進む三者の生き方が、示される。

一人は、日本に長く住みながらも、新たに建国された北朝鮮を祖国として信奉し、その発展を生きがいとして生きていく父親である。二人目は、一旦は、科学の勉強を修めようとわざわざ日本に留学してきたにもかかわらず、やはり祖国の統一と発展が自分の生《い》き甲《が》斐《い》であると、勉強は放棄してその運動に専念している鄭容慎。そして三人目は、自らの幸せを求めて、親、兄弟や生まれて以来出たことのない日本を離れて、北朝鮮へ向かった妹。三人とも、長らく日本の地に住みながらも、この地を自分の生き甲斐を求める地とは定めなかった。

その点、淳一は今日まで結果的に、日本とも朝鮮ともあいまいな関係のまま生きてきたことに思い当たらざるを得ない。今ここまで、半チョッパリであることに甘んじていたということは、自らのアイデンティティの問題を国家の問題と結びつけては考えてこなかったということ、つまりは、アイデンティティの問題を究極の課題として問い詰めてこなかったことに思い当たるのであった。だがもちろん、そうだからといって前から抱えている「生」にかかわる悩みを放り出すことはできない。今や、その双方の悩みを抱え、生きていくことしかないと思案し始めているのであった。

その意味でも、この小説は、金鶴泳が、このあと韓国国籍を取得し、国家の課題に携わることとなる、その前章とも解されるものと思われる。

韓国からの留学生、鄭容慎の来訪

鄭容慎は韓国からきた留学生で、淳一と同じ応用化学の専攻であったが、学部の勉強を終えると学校を離れ、韓国系の在日組織の下で朝鮮統一推進運動の専従活動家としての活動を始めるようになっていた。今回もその関係で署名活動のために青森に行く途中で、仙台で降りたものであったという。

中淳一の記憶にある学生時代の鄭容慎は、善良で素直で明るい韓国からの留学生であった。しかし、淳一が三年の学期末に過労で休んでいたおりに、見舞いにやってきたときに持ってきたクラス同人誌には、容慎の手になる随筆も掲載されていたが、その随筆は、淳一を感銘させるものであった。それは、森鷗外《もりおうがい》の短編小説『妄想』によせた随筆で、その『妄想』では、科学者であり文学者でもある主人公が、「生」の意味を求めて、科学書で得られる理論では飽き足らず、哲学書を漁《あさ》り深めている様子が描かれているが、これによせて、当時容慎も応用化学の勉強をしていても、肝心な自分の生きていく道は手探り状態で、どうにも求め得ない「心の飢《うえ》」について書いたものであった。

いつも、化学する前にしなければならぬことが、何かあるような気がしている。

やっておくべきことをやらずにいて、それをさしおいて実験しているような、後味の悪い気持が絶えずしている。ではそのしておかなければならないことというのは何なのか、どんなことなのか、と考えてみるに、それがまた漠として判然としない。強《し》いていえば、自分の生き方を、生き方の姿勢を確立する、というようなことになるであろうか。その問題に何らかの結着をつけなければ、自分の気持がおさまらない。落ち着かない。(『錯迷』、『土の悲しみ——金鶴泳作品集Ⅱ』三〇六頁)

そのような「心の飢」は淳一自身も抱えていたものであり、この随筆を読んだおりに大いに共感するとともに、それまで何の屈託もない人物とみなしていた容慎を見直す気分であった。その後、卒業と同時に、在日韓国系の組織「K同盟」で活動を始めた容慎をみて、容慎なりの「心の飢」を満たす道を見つけたのだろうと、想像するのだった。

北朝鮮系の在日組織と父親の姿

仙台に到着したあと、淳一の研究室で語った容慎の話によれば、彼らがいま行っている南北朝鮮の平和的統一を進める在日朝鮮人の署名活動に対し、北朝鮮系の在日組織「S同盟」の一部の連中が、「南北の平和的統一」の推進活動は、S同盟の専管事項であるかのように、容慎たちK同盟の行っている署名活動をあちこちで妨害しているのだという。

淳一は、それを聞いて、「心に冷笑を禁じ得なかった」。かねてから、祖国の平和的統一を図ろうと口先で主張してきたのは、S同盟であった。しかし、かつて学生時代にS同盟の傘下組織で活動した経験のある淳一にはそんなS同盟の体質には思い当たるものがあった。

彼らは、常に自分たちだけは正しく、「その特定の単一イデオロギーだけで、彼らは世界と人間のすべてが覆い尽くせる」と考えているようであった。常に正しい彼らは、淳一を「救済の対象」としか見なかった。その彼らの態度に、何か辟易《へきえき》せずにいられないものを感じた淳一は、そこから離れていった。

今、容慎から聞くS同盟の実態は、淳一が記憶する昔のS同盟そのものであった。常に自分だけが絶対で、他者を理屈抜きで凌駕《りょうが》しようとする態度は、S同盟の、つまりは北朝鮮の変わらぬ体質なのである。そしてそれは、淳一が嫌悪する父親の姿そのものであった。

父親が支配する家族

鄭容慎が到着するまでの間、申淳一は、父親をはじめとする自分の家族のことを回想する。申淳一が生まれ育ち、今も家族が住む実家は、北陸のY町にあると表現されている。

無学ではあるが、[*2] 商才のある父は、この地で朝鮮料理店を経営していた。店の経営は順調なようで、家族の経済的な心配はなかったが、時を選ばず不機嫌に母親と淳一や妹弟に対しても凄《すさ》まじい暴力を伴う支配により、常に家中の陰鬱《いんうつ》な空気が晴れることはなかった。とくに母親に対しては、僅《わず》かな咎《とが》でも淳一の理解を超えるほどに執拗《しつよう》な暴力で責め続けるのであった。この父親の場合、外の日本社会で日本人に伍《ご》して商売をやっていくという緊張感を、うちの中で開放するという部分も大きかったのかもしれない。

しかし、この破天荒《はてんこう》なほど暴力的な父親は、在日の多くの家庭に見られたという。[*3] 鄭容慎の韓国に住む父親も、容慎が「ちょっとヘマをすると、すぐに鞭《むち》で打たれた」ほど恐ろしい父親であったという。その意味では、彼らの親の世代である在日一世の生まれ育った

＊2―一九三〇年に行われた植民地朝鮮の国勢調査によると、普通学校への就学率は推計で男子二六・三パーセント、女子五・七パーセントであったというから、学校には全く通っておらず文字の読み書きができないこの父親は特別な例ではない。趙景達《ちょうけいたつ》（チョ・キョンダル）『植民地朝鮮と日本』（岩波新書、二〇一三年）による。

＊3―凄まじい暴力でとくに母親を責め、家族を制圧する父親の姿は、金鶴泳以外にも多くの在日朝鮮人文学に登場する。梁石日（ヤン・ソギル）『血と骨』（幻冬舎、一九九八年）、李恢成『またふたたびの道』（講談社、一九六九年）等、枚挙にいとまがない。

植民地時代の朝鮮にあっては、社会的にも儒教的な教養を背景に、家父長的な父親支配が当然のものとして浸透していたのであろう。

だが、大学三年の春休みに帰省したおりに、例によって、ひどく母をいたぶる父親に対し、淳一は、座視していることに我慢ができず、初めて、立ち向かっていった。

「何をするんだ！」

父の前に立つと、私は父をにらみつけ、そう叫んだ。それは私が父に向かって投げつけた、最初の怒声だった。私はもはやこの父に我慢ならなかった。この父と一緒に、どこへなりと堕《お》ちて行っても構わぬという気持だった。（『錯迷』、『土の悲しみ——金鶴泳作品集Ⅱ』三二九頁）

このように、決死の思いで父に立ち向かったのであるが、「長年の肉体労働」で鍛えられた父には為《な》すすべもなく、馬乗りになられて殴られ顔中血だらけになって横たわるという結末となったのであった。

しかし、この淳一の父への行為に対しては、朝鮮人の間でも厳しい見方があることを、朴裕河（パク・ユハ）が著作の中で紹介している。彼女はそこで、評論家金両基（キム・ヤンキ）による次の一節（金両基「アイデンティティの確立と自死に惑った金鶴泳」「言語文化」二〇〇〇年三月）を引用している。

彼（沢部注・金鶴泳）の作品を読んだ韓国の複数の旧世代の批判は、非難に近かった。「金鶴泳は日本人だね、韓国人ならあんなことをしない」と親に暴力を振るう主人公は小説であっても許し難いという。（朴裕河『ナショナル・アイデンティティとジェンダー』クレイン、二〇〇七年）

このように彼女は、金鶴泳あるいは金両基（一九三三年生まれ）といった世代のもう一つ上の世代には、家父長制を柱とする儒教精神は抜きがたいものであることを紹介している。そしてそれどころか、朴裕河は、金両基自身も、金鶴泳について、「孝」の精神を重んじる韓国人の伝統的価値観が身についていなかった、と難じている点では、その旧世代と五十歩百歩であると指摘している（同、三五八頁）。

また、小説の中では、被害を受けている当事者の母親も、この点では、淳一を訓諭《くんゆ》する側に立っている。

母も父のいないところで私に向かい、「父ちゃんに手向かうのだけはやめておくれ」といった。たとえお前の方に理があっても、目上の人、特に父親に手向かうなどは、非常にいけないことなのだ、といって私に注意した。朝鮮では特にそういうことに厳しく、そんなことをしたら人さまの信用をなくしてしまう、というのであった。(『錯迷』、『土の悲しみ――金鶴泳作品集Ⅱ』三二九頁)

このように、韓国人の精神に根深く浸透していた男尊女卑につながる儒教的論理については、韓国本土においてはその後の民主化政権の樹立後に次々と制度的な枠組みの改正が行われ、ジェンダー問題への取り組みが行われてきた。ただ、これに伴う思考面の切り替えについてはしばしば社会的な事件として報道されるとおり、更《さら》に時間を要するところであるが、それでも今日では、日本社会の一歩先を歩んでいるというのが大勢《たいせい》の見方である。

淳一の、父親についての回想はこれに終わらない。さらに、この冬休みに帰ったおりのことが回想される。

淳一が実家に帰った途端に、「表面懐《なつか》し気な笑いを浮かべて話しながらも、しかし父の顔と声には、どこか、私の胸を暗くしないではおかないような、何かが感じられるのであった。母に対する苛立《いらだ》ちが、また父の中にわだかまっているのだということを、私はすぐに見て取った」（同、三四〇頁）のである。そしてそのあと、父と母の間に起きるであろう危機的な事態を回避しようとした淳一の神経を使った父とのやりとりの甲斐《かい》なく、二人の激しい応酬が始まる。

父と母の応酬は、すでに人間としてのいっさいの理性を、失い尽したかに見える。その凄じくも醜悪な光景を見ているうちに、ふと私はいつかの夏の蟬《せみ》を思い出した。蟬の声を掻《か》き立てることによって、父母の激しい応酬の耳に入るのを、少しでも拒《こば》もうとしていた。（略）夫婦とは、このようにも憎み合えるものなのか。争うにしても、このようにも醜く争えるものなのか。――醜怪《しゅうかい》な魔物が跳梁《ちょうりょう》している――気が遠くなって行くような感覚の中で私は思っていた――魔物は父の上に君臨し、母の上に君臨して、この家を翻弄《ほんろう》している。（同、三四三頁）

このような状況で、「私の心は一種の真空状態に陥り、意志の制御の利かない彼方《かなた》に、押しやられたかのようであった」という主人公淳一は、なおも母に殴りかかっている父の腕と襟首《えりくび》をつかんで、ぐいと押したところ、「父の身体は、妙に頼りなく、ぐらりとよろめいた」のであった。摑《つか》んだ腕も妙に肉を失っている感じで、かつて石をぶつけるように凄まじい勢いで殴りつけた、強靭《きょうじん》な腕の面影はなかった。

そこに淳一は、父の老いを見て取った。いくら性質が、無神経で横暴なままであっても、肉体は、すでに老いを漂わせていた。そこに、淳一は初めて、父がこの社会で、日本人にあるいは在日朝鮮人たちに凌駕されることなく生き延びてくるには、今日まで淳一の想像を超えるさまざまな重みに耐えてきた歴史の積み重ね[*4]であったことに思いが至るのであった。

しかし、この淳一の「理解」によっても、父親との距離の接近につながるということはなかった。このあとにも、くどくどと母の悪口をわめき続ける父の口元は、「どこか不気味で、醜怪で、じっと見つめていると、人間のではない何か化物のそれのようにも思われてくる」(同、三四七頁)というのであるから、以前とまったく変わるところはない。

このような関係にありながらも、父親と縁を切る、あるいは疎遠な関係となることができなかったのは、改めて言うまでもなく、作者は家庭を持ったあとも、終生父親に経済的な支援を仰いでいたからであった。そのような親子の経済的な支援は、決して一般的ではないと思われるが、いかがであろう。

妹たちの北朝鮮への帰国

淳一の、学生時代に鄭容慎と別れた以降の最大の出来事として回想されるのは、八年前の上の妹の明子と、五年前の下の妹の紀子の北朝鮮への帰国であった。八年前の春、明子が東京の淳一の下宿にやってきて、ふいにこの六月に北朝鮮に帰るつもりだと打ち明けたのは、淳一が卒業論文の追い込みにかかっている最中のことであった。

「あたし、いっそのこと北朝鮮に帰ろうと思うの。思うじゃなくて、もうそう決めているの。手続きはまだしていないけれど、六月に出る船に乗ることに、大体決まってるの。あたし、もういや、ああいう家にいるの。恐ろしくて恐ろしくて、気が変になっちゃいそう。それよりか、北朝鮮に行って一人で生きた方が、どんなにいいか知れない……」（同、三三二頁）

＊4―金鶴泳の後の小説になるが、父親が日本人従業員の不正に対し「あの野郎俺が字を知らねえと思って舐《な》めやがって」と歯ぎしりする場面（『鑿《のみ》』）等、いくつも見られる。

いくらもうこれ以上あの陰惨な家に住みたくないといっても、十七歳の少女が親族も知人も誰一人いない外国に単身で行くというのは、大胆な決断であることに変わりない。しかし、それを聞いた淳一は、一瞬驚くことは驚いたが、すぐに、「その方がいいかも知れない」と賛成した。

北朝鮮については、当時、「いま物凄《ものすご》い勢いで発展しつつある地上楽園」であるといった情報[*5]を断片的に聞いている程度の知識しかないが、もしそうでないにしても、あの暗い「家にいて、神経的に、精神的に虐《しいた》げられることにくらべれば、いっそのこと一人ででも北朝鮮に帰って、そこで伸び伸びと生きた方が、ずっと幸福ではないか」と、判断したのである。

この淳一の判断の妥当性については後述するとして、この明子の決断自体が、いわば張り子のような脆《もろ》さと繕《つくろ》いを持ったものであることが、明子が甲板に立って、まさに岸壁を離れようとしているときに露呈されるのである。

そのとき、甲板の上の明子の表情が、さっと変わった。それまで静かに無表情だった明子の顔に、急に動揺の色が走った。まるで自分はいま母や家族から一人離れ、見知らぬ土地に行こうとしているのだということを、はじめて真に悟ったかのごとく、私になじみの深いあの怯えの表情がにわかに明子の顔に浮かんだ。すると、もはや母のことを「オモニ」と呼ぶようになっていたはずの明子が、突然、以前の明子に立ち返って、こう呼びはじめた。

「お母さん！　お母さん！」（同、三三七頁）

このように、別離に際して初めて、明子が、あの陰惨な家から離れるために自分が払わねばならない代償の大きさに気づき、悲しむのに対しても、淳一はなすすべはなく、明子と別れることとなった。

そして、下の妹の紀子は、その三年後の高校を卒《お》えたばかりのときに、やはり一人で北朝鮮に帰っていったと、小説の中で一行のみで、触れられている。

＊5―大量の帰国者によって事業を成功させるために、朝鮮総連が「地上の楽園」のプロパガンダの一翼《いちよく》を担った。テッサ・モーリス－スズキ著・田代泰子訳『北朝鮮へのエクソダス』（朝日新聞社、二〇〇七年）などによる。

この二人の妹の北朝鮮への帰国については、金鶴泳の実生活面では、他の小説には触れたものはなく、また、当該時期の日記は公表されていないのでその詳細はわからないが、一九六五年十一月の公表された日記には、「静愛（沢部注・下の妹）が朝鮮に帰国してから、ちょうど一年になる」との記述があるので、時期的には合致しているものと思われる。

このように、二人の妹の帰国については、日記や他の作品にはないにしても、また、時期的には『錯迷』のずっとあとになるが、のちに勤めることとなる韓国系の日刊紙「統一日報」のコラム欄には数回妹たちの北朝鮮への帰国を扱った短文があり、この帰国が決して彼女らを幸せな顚末《てんまつ》に至らせなかったことを記している。とくに、一九七六年九月のコラムには、上の妹が、インスタントラーメンを送って欲しいと言ってきたのに対して、まだ日本の食い物が恋しいのかと笑いながら送ってやったのだが、やがてそれは北朝鮮の食糧事情のせいだとわかり、ついには妹本人が栄養不良で結核を病んでいるという状況にあることを知ったことを記している。

北朝鮮への帰国の第一船は一九五九年十二月に始まり、一九八四年に終わるまでに総計九万三千人あまりが帰国したが、早くも一九六二年頃には、北朝鮮の経済事情、食糧事情が楽園にはほど遠いという実態が伝わり[*6]、同年以降帰国者は激減した[*7]。

淳一が明子から帰国の意思を聞かされたとき（そして、実際に作者の妹が帰国したとき）は、一九六〇年であったのでそのような北朝鮮の国内事情に通じておらず、淳一が上述のとおり、無責任とも思える返事をしてしまったことは、やむを得なかったとも言えるかもしれない。

しかし、作者の、みすみす妹たちをそのような地に送り出してしまったという悔悟《かいご》の思いは大きく、それ故《ゆえ》に、このコラム欄で何度も触れることとなったのであろうし、そもそも、その情報統制を図る北朝鮮の体質が彼自身が国籍を韓国に選ぶ、一つの大きなインセンティブともなったものと思われる。

＊6—関貴星（セキ・キセイ）『楽園の夢破れて』（亜紀書房、一九九七年。元版は全貌社、一九六二年）。同書の著者らは一九六〇年八月に北朝鮮を訪問し、帰国早々の帰国者たちの生活実態を見ようとしたが、当局による制約で実現したのは一部だけであった。そして、日本にいる身内などに検閲をくぐって送ってきた手紙を併せて読むと、事前に聞かされた「地上の楽園」とはほど遠く、基礎的な生活物質、食糧も枯渇《こかつ》している惨《みじ》めな生活を強《し》いられている帰国者たちの実態であった。このような実態は、一九六一年頃から日本国内でもだんだんと知られるようになった。

＊7—一九六〇年四万九千人、一九六一年二万二千八百人であったものが、一九六二年には三千五百人になっている。金賛汀（キム・チャンジョン）『在日コリアン百年史』（三五館、一九九七年）による。

鄭容慎との別れ

予定どおり、その日の十時過ぎの汽車で青森に向けて発《た》つ鄭容慎と二人で、それまでの時間を繁華街の料理屋で過ごした。そこでも容慎は祖国の統一の必要性とそれに向けた活動に自分が積極的に関《かか》わることの意義を「一種熱気を帯《お》びた」調子で語るのであった。そこには、昔エッセイに書いていた「心の飢」なるものは跡形もなくなっていた。

それを聞いた申淳一は、容慎に比べるまでもなく、自分が朝鮮人であるにもかかわらず、少しも朝鮮人として生きていない、「朝鮮」と無縁のところで生きようとしているところに、自分の空虚感の源があるのではないか、しかも父から逃げようとしているために、ますます朝鮮から遠ざかろうとしているのだと、思いを巡《めぐ》らすのであった。

そのような思いを抱きながら、淳一は容慎の語るところを聞いていた。

飲食の最中、鄭容慎は相変わらず朝鮮と、日本と、それから世界の政治情勢のことを飽くことなく語り続けた。そしてとどの詰りは、そうした状況における、彼の組織が推進している統一運動の、意義と展望とに落ち着いて行くのだが、それを彼はいくつもの面から確認して行くのだった。彼は、確信の人だった。あらゆるものを、彼は彼の論理によって裁断し、裁断された事柄に、疑問の余地はない。人間や世界の姿は彼の前に明瞭なものとしてあり、彼にとっての課題は、その明瞭な姿を見せている世界に人間をどう対応づけ、動かすかにある。（『錯迷』、『土の悲しみ——金鶴泳作品集Ⅱ』三四七頁）

鄭容慎が、このような話を、活動家にありがちな調子で語ったとき、以前の淳一であったならば、「君はそういうけれども、しかしそれは単に君がそう思い込んでいるにすぎないのではないか」と、口を挟むところであったが、このときの淳一は「適当に相槌《あいづち》を打つばかりで、彼の話に口をはさむこともしな」かった。そして、「自分の中に閉じこもったままの私であっても、やはり一個の朝鮮人には違いない以上、朝鮮の平和と朝鮮の統一が望ましいことには、変わりはないのである」と、十人分の署名用紙を引き受けたのであった。また、別れ際には、「青森から帰るときは、また仙台で途中下車しろよ。もっとゆっくり飲もうよ」と誘っているのであった。

この淳一の語るところは、作者の心情を代弁したものであるが、常々本人も言っているように、作者は決して人付き合いのいい方ではなく、ましてや、友人であっても朝鮮人を自分から「また一緒に飲もう」と誘う場面などは、皆無であったはずだ。この間の淳一の言動には以前と異なって、韓国との距離を縮めようという思いが感じられるところである。

そのとき、なぜ「韓国籍」だったのか

この小説が執筆された一九七〇年前後は、欧米や日本等において、旧態依然《きゅうたいいぜん》とした社会システムに対し、戦後教育の中で人権についての新たな思考を身に着けた若者たちが異論の声を上げ始めた時期であった。それはまた、第二次大戦後に大国間の対立によって生じた東西冷戦体制のもとで、やがて大きな地殻変動に及びかねない小さな衝突が世界のあちこちに生じている時期でもあった。

朝鮮半島の情勢もその例にもれず、前述のとおり一九五三年の休戦協定ののちも両国間の緊張状態は緩むことなく、一触即発の危機的な状況は依然としてかわることはなかった。そのために、北朝鮮の金日成《きんにっせい》（キム・イルソン）、韓国の朴正煕《ぼくせいき》（パク・チョンヒ）ともに、国内の政治体制の引き締めを一層強めている時期であったが、日本へは、北朝鮮の国内事情についての情報はほとんど伝えられていなかったのに対し、韓国国内での、とくに反共を柱とする思想統制がますます厳しさを増し、多くの政治家や文化人がその標的とされているとのニュースが伝えられていた。

日本に住むいわゆる在日作家の多くは、戦後も、戸籍上は北朝鮮、韓国の包括的な地名としての「朝鮮」籍のままとしていた。つまりは、南北が分断された状態を克服して、朝

鮮半島の朝鮮民族が南北統一を目指す「朝鮮」籍なのである。

ただし当初は、作家としての活動は朝鮮総連（在日本朝鮮人総聯合会《そうれんごうかい》）のもとで行っていたが、早くも一九五〇年代から総連による彼らの活動に対する激しい干渉、意見対立が繰り返される中で、金達寿（キム・ダルス）、金石範《きんせきはん》（キム・ソクポム）、金時鐘《きんじしょう》（キム・シジョン）らは総連と決別した。また、総連職員であった李恢成《りかいせい》（イ・フェソン）は、総連内部の人事紛争に嫌気がさし、一九六七年に脱退した。

しかし他方、彼らはまた、戸籍を韓国籍に移すことを拒否していた上に、韓国の軍事色の強い政権が、民主主義を求める自国民を弾圧している実態に批判的な見解を明示していたため、一九八〇年代まで、韓国への入国も閉ざされており、戸籍の面も変更することはなかった。そして、一九八〇年代末から一九九〇年代にかけ韓国の民主化を見極める中で、金時鐘や李恢成らはやっと順次「韓国」籍に移行したが、金石範らのように、南北両国が統合するまでは片一方に与《くみ》しないと、「朝鮮」籍そのままの作家も存在している（中《なか》村一成《むらいるそん》『ルポ　思想としての朝鮮籍』岩波書店、二〇一七年）。

そんな中で、一九七一年（国籍移行の手続きを申請、翌一九七二年に完了）の時点で作家金鶴泳がなぜ韓国を選んだのか。

前述のとおり、この時期には、周辺の在日作家は大半が、「反韓国」の立場であったと思われるが、彼らと相談あるいは意見を交わした記録はない。また、金鶴泳が、韓国の政治状況に関心がなかったとは考えづらい。このすこし前に発表された『緩衝溶液《かんしょうようえき》』（一九六七年）では、一九六〇年の李承晩《りしょうばん》（イ・スンマン）退陣を決定づけた韓国国民の大規模抗議活動を詳しく扱っている。ただこの間の韓国行政の中で、金鶴泳にとっては承服し難《がた》い政策が出されていたとしても、他の在日作家のように自分の見解を自ら公にするような行為はまったくなかったことも事実である。彼の性格にその理由が求められるかもしれないが、移籍後のスムーズな活動の開始をみると、周辺の韓国人との間で国籍移行に向けてのそれなりの下準備が進められていた可能性も否定できない。

日記には、子供を北朝鮮系の「金日成崇拝の学校」（「金鶴泳日記抄」一九七〇年十二月三日、『凍える口――金鶴泳作品集』五三四頁）に行かせたくないと記している。加えて、北朝鮮を忌《き》避《ひ》した理由として、上述の、妹たちの北朝鮮における惨《みじ》めな非人道的な処遇といったことが当然に浮かび上がる。しかもこのことをまったく報道しないこの国の言論の統制といった体質は、金鶴泳には相容《あいい》れないことであった。

また日記には、この国籍を移すことによって、父親が怒ってこの先の支援を打ち切ることはないだろうかという懸念を記している。父の存在は、北朝鮮を忌避する大きな理由であったが、同時に経済的な依存という意味からは、作者には不可欠な存在であった。しかし、八年前に、父と母の喧嘩《けんか》を仲裁しようと父に歯向かったときもその懸念はあったが、その後の授業料と生活費の送金を止められることはなかった。

そんな経験からも、結局は、父の意向は忖度《そんたく》しないで戸籍の手続きを行ったのであるが、幸いにも、その後の支援の送金は引き続き行われた。

そんな経緯を経ながらも、手続き後約一年を経て翌年の四月には韓国国籍を取得した金鶴泳は、その五月には初の韓国旅行に旅立ち、さらに翌年二月には韓国系日刊紙を発行する「統一日報社」に入社し、韓国系のオピニオンリーダーとして活動を開始する等、順調な滑《すべ》り出しを見せている。

しかし、彼は以前からの「生」と「死」の狭間《はざま》に関わる苦悩から解放されたわけではない。この先も、その「生」の課題と新たに抱え込むことになった「政治的課題」の双方にまた裂き状態になりかねない人生を歩むこととなるのである。

主な参考文献

［金鶴泳の作品等］

『凍える口――金鶴泳作品集』クレイン、二〇〇四年
『土の悲しみ――金鶴泳作品集Ⅱ』クレイン、二〇〇六年
『金鶴泳作品集成』作品社、一九八六年
『〈在日〉文学全集』全十八巻、勉誠出版、二〇〇六年

［金鶴泳の連載コラム、連載小説等］

統一朝鮮新聞、コラム「窓」一九七三年三月～六月
統一日報、コラム「ポプラ」一九七四年七月～一九八四年六月
統一日報、連載小説『序曲』一九八四年～一九八五年
「柿の葉」柿の葉会、一九七九年～一九八五年

［金鶴泳を含む在日朝鮮人文学論］

「読書鼎談」高井有一・桶谷秀昭・小田実、「文藝」一九七八年十二月号、河出書房新社
「座談会昭和文学史XX 在日朝鮮人文学」金石範・朴裕河・井上ひさし・小森陽一、「すばる」二〇〇一年十月

号、集英社
李順愛『二世の起源と「戦後思想」』平凡社選書、二〇〇〇年
磯貝治良『〈在日〉文学論』新幹社、二〇〇四年
川村湊『生まれたらそこがふるさと』平凡社選書、一九九九年
川村湊『戦後文学を問う』岩波新書、一九九五年
櫻井信栄「金鶴泳論」『社会文学』第二六号、日本社会文学会、二〇〇七年
竹田青嗣『〈在日〉という根拠』国文社、一九八三年
野崎六助『魂と罪責』インパクト出版会、二〇〇八年
朴裕河『ナショナル・アイデンティティとジェンダー』クレイン、二〇〇七年
林浩治『在日朝鮮人日本語文学論』新幹社、一九九一年
林浩治『在日朝鮮人文学』新幹社、二〇一九年
渡邊一民『〈他者〉としての朝鮮』岩波書店、二〇〇三年

[在日韓国・朝鮮人史に関する研究]

金贊汀『在日コリアン百年史』三五館、一九九七年
鈴木道彦『越境の時』集英社新書、二〇〇七年
田中宏『在日外国人』岩波新書、一九九一年
テッサ・モーリス－スズキ『北朝鮮へのエクソダス』朝日新聞社、二〇〇七年
福岡安則『在日韓国・朝鮮人』中公新書、一九九三年
水野直樹・文京洙『在日朝鮮人』岩波新書、二〇一五年

山村政明『いのち燃えつきるとも』大和書房、一九七一年
尹健次『「在日」の精神史』全三巻、岩波書店、二〇一五年

［民族問題等］

小熊英二『単一民族神話の起源』新曜社、一九九五年
塩川伸明『民族とネイション』岩波新書、二〇〇八年
西川長夫『国境の越え方』平凡社ライブラリー、二〇〇一年
西川長夫『戦争の世紀を越えて』平凡社、二〇〇二年
西川長夫『植民地主義の時代を生きて』平凡社、二〇一三年
ジル・ドゥルーズ、フェリックス・ガタリ『カフカ』法政大学出版局、一九七八年

解説

はじめに

竹内栄美子

二〇二四年一〇月、韓国の女性作家ハン・ガンがノーベル文学賞を受賞した。素晴らしい快挙である。ここ数年、多くの韓国文学が日本語に翻訳され多数の読者を獲得していたが、二〇一八年にチョ・ナムジュ『82年生まれ、キム・ジヨン』（筑摩書房）が斎藤《さいとう》真理子《まりこ》氏によって翻訳され、韓国のみならず日本でも大ヒットとなったことは記憶に新しい。韓国で百万部以上売れたフェミニズムの小説である。それ以前から、ハン・ガンの作品では、光州《こうしゅう》事件を描いた『少年が来る』（井手《いで》俊作《しゅんさく》訳、クオン、二〇一六年）が話題になり、『菜食主義者』（きむ ふな訳、クオン、二〇一一年）は李箱（イ・サン）文学賞やブッカー賞を受賞していた。チョ・ナムジュやハン・ガンだけではない。キム・エランやチェ・ウニョンなど優れた作家の作品が数多く翻訳紹介されているが、ハン・ガンのノーベル文学賞受賞によって、いっそう韓国文学が読まれることになるに違いない。

一九六〇年代から七〇年代には多くの文学全集が刊行された。かつての世界文学全集には、イギリス文学やフランス文学やドイツ文学などのヨーロッパ文学、あるいはロシア文学やアメリカ文学の名作が収録され、アジアのものではかろうじて中国文学の作品が掲載されていたのみであった。古代から深いつながりのあった中国は別格として、近代日本が欧米にばかり目を向けていたことがこのような編集にも現れていることが了解されるが、そのような状況において韓国文学は世界文学全集にも収録されずにきたのだった。しかし、日本における近年のこの瞠目すべきブームの到来は、二〇〇〇年代の日韓関係が悪化していた不幸な時期を思い出せば喜ばしいことだろう。

その一方で、韓国文学の範疇《はんちゅう》におさまらない「朝鮮文学」、また「在日朝鮮人文学」はどのように読まれてきたのかという疑問が生じてくる。戦後、朝鮮半島が南北に分断されたあと現在に至るまで、朝鮮文学と呼ばれる文学作品へのアクセスは困難であるが、在日朝鮮人文学は日本において日本語で書かれた在日朝鮮人による文学であるのだから、これまで日本の読書界で話題になり議論や研究の対象にもなってきた。本書は、その在日朝鮮人文学のなかの金鶴泳の文学と思想についての研究である。まずはその前提となっている在日朝鮮人文学の歴史について振り返っておきたい。

日本語文学としての在日朝鮮人文学

在日朝鮮人という呼称

「在日韓国人」「在日韓国・朝鮮人」「在日コリアン」「コリアン・ジャパニーズ」など、さまざまな呼称があるなかで、ここで「在日朝鮮人」という呼称を使用するのは、朝鮮半島出身の在日作家による作品を「在日朝鮮人文学」と呼んで来た経緯があるからである。そして何よりも朝鮮半島の地名であり、朝鮮王朝の王朝名であり、朝鮮民族の民族名である「朝鮮」という語を尊重したいからである。

たとえば、金石範《きんせきはん》（キム・ソクポム、一九二五〜）は、いまから五十年ほど前にこのように述べていた。

日本人は一般的に朝鮮人に面と向えば「朝鮮人」といいにくいらしい。それは日本人自身が、その言葉に侮蔑《ぶべつ》的な調子を感じとるせいだろうと思う。地球に光と闇《やみ》の両部分が同時にあるように、「朝鮮人」という言葉には、祖国の歴史の伝統の上に立って抵抗し、たたかった光かがやく不屈の姿と、日本の側で植えつけてきた、被支配者の代名詞という屈辱的なイメージとの二つの面がある。多くの日本人は、その一つの方だけを意識してきたのである。だから、日本人の側で、その言葉の侮蔑的な調子を越えるためにも、なおさら朝鮮人と呼ぶべく努める必要があるのではないかと私は思う。（『ことばの呪縛』筑摩書房、一九七二年）

また、金時鐘《きんじしょう》（キム・シジョン、一九二九〜）は、次のように語っていた。

「在日」の符丁《ふちょう》とさえなっている「チョウセンジン」という陰にこもった呼び名は、「朝鮮人」という同じひびきの中でこそ回復されるべき名誉であり、友情であり、愛でさえあると思っているものである。同族同士のお互いが、せめて「在日朝鮮人」の韓国籍の者であり、「在日朝鮮」の朝鮮籍の者である、といったぐらいの総和の和は、共同の「在日」の実存の中から取り戻したいものだ。（「あとがき」『「在日」のはざまで』立風書房、一九八六年）

金石範や金時鐘が言うように「朝鮮人」という言葉は忌避《きひ》することなく、むしろ回復されるべき言葉である。しかしながら残念なことに、これまで日本では「朝鮮」という呼称が無理解と偏見によって差別的に扱われてきた歴史があり、現在でもヘイトスピーチで蔑《べっ》称《しょう》として使用されることがある。ヘイトスピーチは法的に規制されるべきことであり法的措置を進めるべきだが、法的な問題というだけでなく、この「朝鮮」という語が歴史的な厚みを持った由緒正しい語であることを理解する必要があるだろう。なお「朝鮮」籍に関《かか》わって、一九四七年五月二日、新憲法施行の直前に最後の勅令《ちょくれい》として制定された外国人登録令のことは後述する。

歴史的に由緒正しい言葉であったにもかかわらず、差別的に使用されることになった経緯は、何よりも一九一〇（明治四十三）年から「韓国併合」として日本が朝鮮半島を植民地としたことに端を発し、支配被支配のゆがんだ関係が生じたからであった。この歴史的事実をなおざりにはできないし、忘れてはならないことである。そして、この植民地支配に起因して朝鮮半島から日本に移動した朝鮮人とその子孫の総称として「在日朝鮮人」という呼称が使われることになった。その後、一九四五（昭和二十）年の植民地解放から、大韓民国と朝鮮民主主義人民共和国という分断国家の成立、さらに朝鮮戦争を経て、分断の固定化という冷戦時代から冷戦後の現在にいたるまで、在日朝鮮人の歴史は、日本の植民地支配と戦後の米ソ冷戦によって苦闘のなかに置かれてきた。そのような歴史的経緯を抜きにして在日朝鮮人文学を語ることはできない。

現在は「在日コリアン」という呼称が一般的になっているが、著者の使用した在日朝鮮人という呼称を尊重したい。

在日朝鮮人文学の歴史

さて、在日朝鮮人文学は、おもに戦後になってから日本に在住する朝鮮人によって書かれる文学のことを言うのだが、もう少し遡《さかのぼ》ってみてみよう。

近代日本における朝鮮半島出身者の言語表現は、任展慧（イム・ジョネ）『日本における朝鮮人の文学の歴史　1945年まで』（法政大学出版局、一九九四年）によれば、明治期では朝鮮語による創作や漢文による文筆活動があり、それらは小説や詩歌などの文学作品の創出ではなく、聖書翻訳や字典編纂などであったという。

その後、二十世紀に入ってからの東京への留学生たち、たとえば李光洙《りこうしゅ》（イ・グァンス、一八九二〜一九五〇）や朱耀翰《しゅようかん》（チュ・ヨハン、一九〇〇〜一九七九）らは韓国近代文学の成立に寄与し、日本語で表現することに意欲的であった。李光洙は韓国近代文学の祖と言われる。

さらに、プロレタリア文化運動が盛んになる一九二〇年代後半からは、朝鮮でのプロレタリア芸術運動と日本のプロレタリア文学運動との連携がはかられ、中野重治《なかのしげはる》の詩「雨の降る品川駅」初出形に献辞が捧げられた李北満《りほくまん》（イ・プンマン、一九〇六〜一九五九）や金浩永《きんこうえい》（キム・ホヨン、一九〇七〜？）、新人会会員でもあった金斗鎔《きんとよう》（キム・ドゥヨン、一九〇三〜？）、詩人の金龍済《きんりゅうさい》（キム・ヨンジェ、一九〇九〜一九九四）らが活躍するようになる。彼らの日本語表現はプロレタリア文化運動と不可分であった。

このような黎明期《れいめい》、留学生期、プロレタリア文化運動期を経て、一九三〇年代になると、金史良《きんしりょう》（キム・サリャン、一九一四〜一九五〇？）と張赫宙《ちょうかくちゅう》（チャン・ヒョクチュ、一九〇五〜一九九七）が登場する。川村湊《かわむらみなと》『生まれたらそこがふるさと』（平凡社、一九九九年）が論じるように、この二人は、在日朝鮮人文学の嚆矢《こうし》として重要な位置を占めているだろう。

金史良『光の中に』（一九三九年）は、東京下町での朝鮮民族の置かれた貧しく厳しい環境のもとで、朝鮮人を母に持つ山田春雄少年と朝鮮からの留学生である南先生との交流を描いた好編である。本作は芥川賞候補となった。その一方で張赫宙の作品は、舞台で上演された『春香伝《しゅんこうでん》』（一九三八年）が知られているが、それ以前に、朝鮮農村の悲惨な状況を描いた『餓鬼道《がきどう》』（一九三二年）が「改造」懸賞小説に入選して文壇デビューとなった。張赫宙は戦後帰化して野口赫宙と名乗り旺盛な執筆活動を続けた。この二人は、金史良は民族作家として、張赫宙は親日作家として、それぞれ対照的に評価されてきたものの、植民地化された朝鮮の困窮や在日朝鮮人の苦難や悲哀を日本語で表現したことにより日本で多くの読者を集めた。戦後はさらに多彩な在日朝鮮人文学が展開することになる。

戦後の在日朝鮮人文学は、一九四八年以降の朝鮮半島分断による大韓民国と朝鮮民主主義人民共和国それぞれの国家との結びつきから政治的動向に左右されることが多かったと言えるだろう。日本における在日本朝鮮居留民団（略称は民団。のちに在日本大韓民国民団と改称）と在日本朝鮮人総聯合会《そうれんごうかい》（略称は総連）とがそれぞれの国家支持を打ち出し、作家たちもその動向に従わざるを得ない状況があったために、そこから多くの作家が離脱せざるを得なかった。政治的要請によって文学がゆがめられる事態に反対し、たとえばさきに引用した金石範も金時鐘も総連から離脱した。

そのような厳しい状況のなか、戦後の在日朝鮮人文学は、植民地問題や民族的アイデンティティのほか、祖国との抜き差しならない関係など政治が抑圧する人間の苦悩をテーマとしながら普遍性を追求した緊張感ある文学表現となっている。心ある読者が在日朝鮮人文学に魅了されるのは、そのような繊細かつ重厚で緊張感ある文学表現にひかれるためであろう。歴史や社会を複層的に織り込みつつ人間の本質を描く優れた文学作品が数多くある。

ところで、在日朝鮮人文学の書籍には単行本のほか個人著作集などさまざまあるが、二〇〇六年に『〈在日〉文学全集』全十八巻（磯貝治良《いそがいじろう》・黒古一夫《くろこかずお》編、勉誠出版）が刊行されたのは画期の出来事であった。

第一巻から第八巻まで金達寿（キム・ダルス）、許南麒《きょなんき》（ホ・ナムギ）、金石範、李恢成《りかいせい》（イ・フェソン）、金時鐘、金鶴泳、梁石日（ヤン・ソギル）、李良枝（イ・ヤンジ）がそれぞれ一冊で編集され、第九巻からは二、三人で一冊となって、金泰生（キム・テセン）・鄭承博（チョン・スンバク）、玄月《げんげつ》・金蒼生（キム・チャンセン）、金史良・張赫宙・高史明《こうしめい》（コ・サミョン）、李起昇（イ・キスン）・朴重鎬（パク・チュンホ）・元秀一（ウォン・スイル）、金重明（キム・チュンミョン）・金在南（キム・ジェナム）、深沢夏衣《ふかさわかい》・金真須美《きんますみ》・鷺沢萠《さぎさわめぐむ》らが収録された。ほかに作品集や詩歌集の巻がある。

総勢五十四作家の作品が収録され、在日朝鮮人文学にはこれだけの質量ともにそろった文学作品が存在することを明示する全集であった。ちなみに、私はこの第十四巻『深沢夏衣・金真須美・鷺沢萠』の解説を執筆した。ここでその詳細について触れる余裕はないが、かねてより新日本文学会の会員でもあった深沢夏衣（一九四三〜二〇一四）の文学に関心を寄せてきたので、在日朝鮮人文学のなかの女性作家作品に着目して解説を書いた。

深沢夏衣の文学に目を向けてほしい思いとともに、在日朝鮮人文学を強く牽引《けんいん》してきた作家たちの作品にも注目したいと思っている。この全集の第一巻は金達寿（一九二〇〜一九九七）である。『後裔《こうえい》の街』（一九四八年）、『玄海灘《げんかいなだ》』（一九五四年）、『朴達《パクタリ》の裁判』（一九五九年）などを書いた金達寿について、解説者の磯貝治良は「戦後＝解放後における在日朝鮮人文学の嚆矢《こうし》の一人であることは、誰もが認めるところだろう」と言う。在日朝鮮人文学は金達寿を抜きにしては語れないと私も思う。代表作『玄海灘』については、二〇二三年九月に調布せんがわ劇場で上演されたのを観劇したが、二人の主人公が登場するこの複雑な長編小説を巧みに演出していて感銘深い舞台であった。

雑誌「民主朝鮮」や「新日本文学」などに執筆した金達寿のテーマは、『玄海灘』で描かれたように植民地がいかに人間を崩壊させるかという植民地問題や民族意識の覚醒にあった。戦後の一九五〇年代では、当時の文学的テーマとして、戦争や植民地問題は避けて通れないテーマであり、同時に生活者としての逞《たくま》しさや、巧《たく》まざるユーモアの作風もその特徴である。二〇二一年に神奈川近代文学館で生誕百年記念の展覧会が開催されたように、金達寿はいまこそ読み直されるべき作家であろう。近年、研究も進んでいて、廣瀬陽《ひろせよう》一《いち》氏による『金達寿とその時代　文学・古代史・国家』（クレイン、二〇一六年）や『日本のなかの朝鮮　金達寿伝』（クレイン、二〇一九年）を参照されたい。

言語と国籍

金史良、張赫宙、金達寿らは日本語で執筆したが、彼らが朝鮮語でなく日本語を選択した理由は、植民地朝鮮の悲惨な状況や朝鮮人の苦悩を、日本の多くの読者に伝えるためであった。当時は、朝鮮語より日本語のほうが読者層が広く、外国語に翻訳されやすい利点もあって広範な読者に届けられると考えていたふしもあるようだ。その一方で、金達寿『後裔の街』の主人公は朝鮮生まれの日本育ちで、母国語の朝鮮語にコンプレックスを持っているのだが、張赫宙や金史良は日本語に対するコンプレックスがあったと言われている（水野直樹《みずのなおき》・文京洙〈ムン・ギョンス〉『在日朝鮮人』岩波新書、二〇一五年）。解放後の在日朝鮮人文化のなかでは、朝鮮の民族文化を優先させるあまりに朝鮮語ではない日本語での創作活動には批判もあったようだ。在日朝鮮人にとって、どの言語を選択するかは簡単なことではない。

伝達のための日本語選択は、かつての宗主国の言語であったから、たとえば金時鐘は次のように述べてその葛藤《かっとう》を語っている。

意識の存在として居坐《いすわ》った最初の言葉が、私には「日本語」というよその国の言葉であったのでした。つまり「日本語」は、私の意識の底辺を形づくっている私の思考の秩序でもあるものです。日本人でない朝鮮人の私がです。かつての日本の軛《くびき》から、植民地世代の私が解き放たれて三十数年にもなるというのに、「日本語」は今もって私

の意識の関門の座を譲ろうとはしません。（「私の出会った人々」『「在日」のはざまで』立風書房、一九八六年）

皇民化教育の優等生であった金時鐘少年は、日本人になるために日本語を懸命に勉強したが、その一方で、大好きだった父親が朝鮮語しか使用せず決して日本化しないことを気詰まりに思いうしろめたく感じていたという。一九四五年八月の解放後に、父の真意がようやく理解できたという金時鐘は、しかし、自分の自己形成には日本語が大きく作用し「私の〝日本〟との対峙《たいじ》は、私を培《つちか》ってきた私の日本語への、私の報復でもある」と言うのである。金時鐘の日本語は、複雑な屈曲のなかに折りたたまれていて、在日朝鮮人が日本語を選択して表現することの意味を考えざるを得ない。

あるいは、大作『火山島《かざんとう》』（文藝春秋、一九九八年完結）をはじめとして済州島《さいしゅうとう》（チェジュド）四《よん》・三《さん》事件を書き続けた金石範は、早くから『ことばの呪縛《じゅばく》』（筑摩書房、一九七二年）において、在日朝鮮人文学が日本文学に組み込まれることに疑問を呈《てい》し、日本文学ではなく「日本語文学」であると提唱していた。

日本に在住し日本語で書いていても、日本人ではなく朝鮮人としての文学表現であるから、たしかに在日朝鮮人文学を無造作に日本文学としてしまうことは暴力的な括《くく》り方になってしまうだろう。金石範の主張は、国家・言語・民族が無条件に一体化した、たとえば日本文学やフランス文学や韓国文学やアメリカ文学などとは異なる在日朝鮮人文学の特質を鋭く言い当てている。在日朝鮮人文学は日本文学でもないし韓国文学でもない。国家を持たない、いわばディアスポラ（離散して故郷以外の土地で生きること）の存在として書き続ける金石範であるからこそ、日本文学に括られることを否定し「日本語文学」という概念を提出したのであった。

この「日本語文学」という概念創出は、金石範が国家に依存しない思想の持ち主であることによっている。

金石範は「朝鮮」籍であるが、これは朝鮮民主主義人民共和国の国籍という意味ではない。この「朝鮮」籍は、正確には「無国籍」なのである。日本敗戦後の一九四七年五月、在日朝鮮人を対象として管理規制するための外国人登録令が実施されたさい、当時の在日朝鮮人全体を「朝鮮」と記載したことが発端である。そのときはまだ大韓民国は成立していなかった。翌一九四八年に、大韓民国と朝鮮民主主義人民共和国との南北分断政府が樹立したことから、一部が「韓国」記載となり、一九六五年の日韓国交正常化によって「韓国」記載は「韓国」の国籍となった。その他は「朝鮮」のままというのが実情なのである。そして日本は朝鮮民主主義人民共和国と国交がなく、国として認めていないのだから、「朝鮮」は朝鮮民主主義人民共和国の国籍ではなく、一九四七年当時の記載がそのまま継続しているのである。

つまり「朝鮮」記載は、どこにもない「無国籍」ということだ。このことは深沢夏衣も述べているし、何より金石範が詳しく論じている（「「在日」にとっての「国籍」について」『新編「在日」の思想』講談社文芸文庫、二〇〇一年）。

ただし、朝鮮籍であった在日朝鮮人作家で韓国籍に変更した作家は何人もいる。たとえば一九八四年に変更し多くの批判を浴びた金達寿や、本書のテーマである金鶴泳（一九三八～一九八五）、李恢成（一九三五～二〇二五）や梁石日（一九三六～二〇二四）もそうであった。金時鐘も二〇〇三年に韓国籍に変更している。韓国が長く軍事独裁政権であったことから韓国籍には変更せずにきたものの、韓国政府に入国を阻まれて親の墓参にも行けない事情を考慮するとやむを得ないことであった。

しかしながら、金石範は変更せずに朝鮮籍のままである。つまり無国籍であって、ディアスポラの位置から書き続けている。韓国では、長く済州島四・三事件について語ることはタブーとされてきたが、それを書き続けてきた金石範は、日本にも韓国にもどこの国家にも組み込まれず書き続けてきた希有《けう》な文学者であると言ってよいだろう。金石範文学については、趙秀一（チョウ・スイル）『金石範の文学』（岩波書店、二〇二二年）を参照されたい。

なお、最近話題になった本に、宋恵媛（ソン・ヘウォン）・望月優大《もちづきひろき》・田川基成《たがわもとなり》『密航のち洗濯 ときどき作家』（柏書房、二〇二四年）がある。同書は、植民地朝鮮を生きて、戦後、一九四六年夏に日本に渡ってきた尹紫遠（ユン・ジャウォン）とその家族の記録であり、宋恵媛編『越境の在日朝鮮人作家 尹紫遠の日記が伝えること』（琥珀書房、二〇二二年）をもとにしながら、日本で洗濯屋の仕事をしつつ文章を書いた尹紫遠に関するノンフィクションである。一九五〇年代には、金達寿らとともに新日本文学会の会員でもあったという尹紫遠のような在日朝鮮人作家がいたことも記憶したい。

また、宋恵媛『「在日朝鮮人文学史」のために――声なき声のポリフォニー』（岩波書店、二〇一四年）では、〝植民地エリート男性の日本語文学〟としての在日朝鮮人文学から解放される必要があると述べて、日本語のみならず朝鮮語表現も視野に入れながら在日朝鮮人文学史を考えるという立場から叙述している。このような在日朝鮮人文学史があることにも留意したい。

本書金鶴泳研究の特徴

さて、本書は、これまで確認してきたような金達寿や金石範や金時鐘らとは異なる作風の金鶴泳についての研究である。その作品は『〈在日〉文学全集』第六巻に収録され、また『凍《こご》える口――金鶴泳作品集』（クレイン、二〇〇四年）および『土の悲しみ――金鶴泳作品集Ⅱ』（クレイン、二〇〇六年）という二巻本の著作集がある。著者の沢部清さんについてはのちに述べるとして、本研究の特徴について確認したい。

評伝的作品論

本書の構成は三部立てで、第一部は金鶴泳が化学を研究する東京大学大学院の院生時代学究期を初期として、第二部は一九七二年の韓国籍への国籍変更後を中期として、第三部は四十歳を越えた一九七九年から一九八五年の自死までというふうに、全体を三期に分けて、そのおりおりの作品を実際に生じた政治的社会的事件と関連させつつ、金鶴泳の文学的生涯を追った評伝的作品論である。金鶴泳の生涯、その全体を見渡しての評伝的作品論として展開しているのが本書の最大の特徴であろう。

各章で取り上げられたそれぞれの作品分析がやや緩やかで、あまり深く論究されていない部分があるものの、丹念に作品の筋を追って金鶴泳の内面に肉迫しようとしている。評伝を書くには、日記公開が一部にとどまるなど資料的に困難であったため、私小説風な特徴のある金鶴泳作品を追っていくことでその文学と思想の全体像を見極めようとしている。このように、初期の『凍える口』（一九六六年）から遺作である『土の悲しみ』（一九八五年）に至るまでの全体像を踏まえた金鶴泳研究となっている。

本研究の特徴は右のとおりであるが、その全体像を踏まえた評伝的作品論としての金鶴泳研究をなすにあたって、①民族系の新聞「統一日報」に執筆していた論説、社説、書評等を悉皆《しっかい》調査していること、②著作集に掲載されている日記は千五百頁にも及ぶ全体の一部とされているが、公開されている日記を精読し、とりわけ日韓両国で多発した政治事件への反応を調査していること、などがあげられる。このように従来の研究ではあまり触れられなかった資料を踏まえている点が評価できる。

金鶴泳文学については、早くに竹田青嗣《たけだせいじ》『〈在日〉という根拠』（国文社、一九八三年）が『凍える口』を中心に、吃音《きつおん》による疎外感を民族問題や強権的な父権の問題とともに考察していた。ほかにも朴裕河（パク・ユハ）「暴力としてのナショナル・アイデンティティ」（『ナショナル・アイデンティティとジェンダー』クレイン、二〇〇七年）が「日本」や「朝鮮」というナショナル・アイデンティティイデオロギーの強制によって犠牲となった金鶴泳を論じている。また、著作集刊行後に書かれた櫻井信栄《さくらいのぶひで》「金鶴泳論」（『社会文学』第二六号、二〇〇七年）は、金鶴泳文学の全体像を踏まえながら「弱き者の苦しみについて、粘土を手びねりしていくつも形づくるように書き続けられたその作品は、自分の全てを賭してあげられた、救済を求める祈りの声のように受け取られる」と高く評価し、論者の実存に迫る出色《しゅっしょく》の金鶴泳論となっている。

これらの先行研究でも述べているように、前節で確認した植民地問題や国家との関係、政治と文学の問題など、従来の在日朝鮮人文学が取り上げてきたメインテーマとは異なるテーマを金鶴泳文学は示していた。『凍える口』に描かれたような吃音に悩む青年は、作者その人であり、本書では「作者と等身大の在日朝鮮人の青年が、孤独の中で、時折襲う死への誘いに立ち向かいながら生の苦渋に立ち向かう姿が静謐《せいひつ》な筆遣いで描かれており、作者の代表作」（第一部第一章）と言われている。また『まなざしの壁』では金嬉老《きんきろう》（キム・ヒロ）事件に言及しているが、日本人のまなざしを忌避する自分にくらべて金嬉老の行為を「正当な抵抗」として捉《とら》える金鶴泳の民族観にも論及している。

このように、本書の論調は竹田論を基本文献として参照しながらも、そこにとどまらず、第二部では芥川賞候補になった四作品執筆とともに、統一日報社入社と同じころ「朝鮮」籍から「韓国」籍に移行したことが取り上げられている。政治や民族の問題から遠ざかりたいとしていた金鶴泳が、国籍を移して「統一日報」論説委員となって健筆を振るうことになった事情はどのようなものだったのか。就学年齢に達した子どもの教育問題も理由のひとつだったようだが、結局のところ著者は「不可思議さを覚えざるを得ない」(第二部第六章)と述べて、明らかな回答は得られなかったようだ。

ただし、続けて著者は、冷戦下の南北分断国家の厳しい状況のなかで「在日の知識人である金鶴泳が入社してくることは、統一日報社側は大歓迎であったろう」として、明言はしていないものの、金鶴泳の国籍変更と統一日報社入社については冷戦下における大きな政治的力が作用していた可能性があると考えていたようである。金鶴泳が「統一日報」においてプロパガンダ的役割を果たすことが期待されていたことはおおいにあり得ることであり、そのような政治的要請と小説執筆の関係がどのようなものだったのかが考察され、次第に小説が書けなくなったことが論じられている。

そして第三部では、小説が書けなくなった四十代の苦悩と、再び創作に尽力して書いた『郷愁《きょうしゅう》は終《おわ》り、そしてわれらは――』や遺稿『土の悲しみ』が取り上げられた。『土の悲しみ』で明らかにされた、父の凄《すさ》まじい暴力の原因が祖母の自死と叔父《おじ》の病死であったことについて、従来の在日朝鮮人文学では、そのような祖母の自死や叔父の病死のおおもとは、日本の植民地支配の結果もたらされたものだと告発するだろうが、そうはしなかったところに金鶴泳文学の特質があるとした。そしてタイトル『土の悲しみ』は、遺骨の代わりに自死した近辺の土を代用したという祖母の哀れな運命を象徴しているという。

このように、本書は、中期の国籍変更および統一日報入社問題を挟みつつ、『凍える口』から『土の悲しみ』までを取り上げて、吃音というコンプレックス、朝鮮と日本とに引き裂かれた苦悩、強大な父の暴力と家父長制、父から独立できない経済的不如意、強制される民族主義への反感、異性に愛情を求めながらも得られない孤絶感といった、孤独のなかに生きる人間のはかなさや卑小《ひしょう》さを丁寧にすくい取る文学として金鶴泳文学を位置づけている。平明な叙述による本書は、金鶴泳作品の恰好《かっこう》の入門的導きの書にもなるだろう。

背景としての政治的事件と歴史認識

もう一つの特徴は、それぞれの時代に生じた政治的事件を織り込んで考察していることである。

『凍える口』の主人公崔圭植の民族意識については、一九七一年にソウル大学留学中に逮捕された徐勝（ソ・スン）『獄中19年――韓国政治犯のたたかい』（岩波新書、一九九四年）が参照され、作品内では一九五八年の小松川《こまつがわ》事件も話題になっていることに言及している。『緩衝溶液《かんしょうようえき》』（一九六七年）では一九六〇年四月に生じた李承晩《りしょうばん》（イ・スンマン）政権に対する学生・市民の抗議行動「四月革命」が取り上げられていたし、『まなざしの壁』（一九六九年）では金嬉老事件が重要な要素となっていた。『錯迷《さくめい》』（一九七一年）では、主人公申淳一の妹が暴力的な父親に支配された暗い家庭で暮らすよりも北朝鮮に帰りたいと希望し帰国するのだが、ここには一九五九年から始まった帰国運動が焦点化されている。

そして『郷愁は終り、そしてわれらは――』（一九八三年）は、いわゆる「沢本スパイ事件」をモデルにして創作された作品である。同作は、従来の金鶴泳作品とは異なる傾向の北朝鮮スパイ小説となっていて、在日韓国大使館の朴（パク）参事官から勧められて執筆されたものだが、前掲の櫻井信栄「金鶴泳論」によれば金鶴泳は朴参事官に体《てい》よく使われたのではないかということだ。本書でも指摘されていたように、金鶴泳のナイーブさや政治的咀《そ》嚼《しゃく》力の欠如がその原因であったかもしれない。ただし、スパイ小説といってもハードボイルドではなく、語り手はスパイに仕立てられた男性に尽くす控えめな耐え忍ぶ女性であり、金鶴泳作品の他の女性像にも通じていて、その古風な耐える女性像には今となっては違和感を覚える読者もいるかもしれない。

右に確認したように、作品に点描される政治的事件に言及しながら分析しているのが本書のもう一つの特徴であり、このことは、著者自身がそのような事件が生じる社会的背景と不可分のものとして金鶴泳文学を捉えていたということであろう。また、竹田論文に対する金石範の反論を踏まえた、それへの応答だったとも考えられる。

あるいは逆に、金鶴泳が重要な事件にあまり触れていないケースがあることにも言及している。著者が悉皆調査した「統一日報」の毎週一回のコラム欄「ポプラ」の記事には、作者の日常生活のなかから飲み屋の話、映画の話、好きな紫陽花《あじさい》の話、友人の話、小説の題材でもあった横暴な父の話や吃音の話などあらゆる話題が出てくるのに対して、たとえば光州事件はほんのわずか触れている程度で、朴正熙暗殺事件はまったく扱っていないという。対照的に、日本における朝鮮人差別については頻繁に取り上げているということで、この「ポプラ」コラム欄の分析（第二部第六章）は、政治事件に触れないことが「統一日報」の方針によるものだとしても、金鶴泳の思想を捉えるうえで見逃せない部分である。「ポプラ」コラムの分析は、もっと紙幅を割いてもよかったのではないかと思われるが、謙虚な記載にとどめているのが惜しまれる。

　このように政治問題には触れずにいた「ポプラ」コラムと対照的に、小説では政治的事件が点描されていた。現実に生じた政治的事件を織り込みながら小説作品との関係を叙述しているのが本書の特徴であるが、それは著者自身が如上《じょじょう》の問題を重視していた証左にほかならない。日韓関係の悪化や日本社会におけるマイノリティとしての在日朝鮮人問題に関心を寄せる著者自身の問題意識が基本にあり、終章では日本人であるが故《ゆえ》に背負い続ける三つの原罪として、沖縄問題、被差別部落問題、朝鮮人問題があると言われていた。過去に何があったかを学ばないために浅薄な歴史認識しか持ち得ない状態では、相互理解には届かないとして、著者は次のように述べている。

自らのアイデンティティのあり様に鈍感になっているだけではない。自分の周辺にあっても少数の者や弱き者などは目に入らなければ素通りしていくことが習い性となっているのである。それどころか、目に入りそうになったら慌てて目を背《そむ》けることも珍しくない。痛みを知らない国民は、自分が加害者になっていることにも目を背けるのである。それはもちろん、他人事《ひとごと》ではなかった。（終章）

他人事ではないと述べて、著者は自分を棚上げにせず自分自身を撃つかたちで、日本社会におけるマイノリティを素通りしていく鈍感さを鋭く指摘していることに注目したい。このような問題意識のもとで本研究はなされたということを、この解説を書きながら、いま改めて重く受け止めている。

西川長夫論文の引用

ところで、本書には、参考文献に西川長夫《にしかわながお》（一九三四〜二〇一三）の書籍が三冊あげられている。『国境の越え方』（平凡社ライブラリー、二〇〇一年）、『戦争の世紀を越えて』（平凡社、二〇〇二年）、『植民地主義の時代を生きて』（平凡社、二〇一三年）である。知られているように、西川長夫氏はフランス思想研究の専門家として、一九九〇年代から二〇〇〇年代にかけて展開された国民国家論や植民地主義批判の議論を活性化させた第一人者である。著者は在日朝鮮人の民族問題を検討するにあたり、これらの西川論文を引用しているのだが、著者と西川氏は同じ岐阜市立長良《ながら》中学校の卒業生で、年齢は十歳以上離れているが先輩後輩の関係にあたり、担任の先生に紹介されて家族ぐるみの交流があったという。そのような親しみもあって著者は西川氏の書籍を読んでいたのかもしれない。

ただし、本書で引用されている西川論文の理解で、一箇所疑問がある。次の部分である。

金鶴泳が、民族の一員であることより、個としてのアイデンティティを追求する考え方であることは、再三述べたとおりである。しかし、西川長夫の言葉（西川『植民地主義の時代を生きて』平凡社、二〇一三年、三六一頁）を俟《ま》つまでもなく、「個の自立」の形成は、ナショナル（民族）アイデンティティと一体でないと成し得ないものである以上、自分の視座が二つの民族あるいは国家にまたがることを、自らに容認する、ましてや自分の強みにしたいという発想は、いずれ破綻《はたん》をきたすものである。（第一部第三章）

ここで引用されている西川論文は、『植民地主義の時代を生きて』（平凡社、二〇一三年）のなかの「19　多文化共生と国内植民地主義」である。これは、西川が崔勝久（チェ・スング）・加藤千香子《かとうちかこ》編『日本における多文化共生とは何か——在日の経験から』（新曜社、二〇〇八年）を取り上げて多文化共生について講演した講演記録であった。在日朝鮮人であるために就職差別を受けた日立事件について、崔勝久が民族主義イデオロギーを解体する動きであったと述べている部分を引用しながら、西川はこれを深刻な言葉と受け止め、しかし崔勝久はそのあとで「民族主体性は、やはりこの個の自立から出発する」とも述べているので、結局「民族主体に帰ってくる」ことになるのかと疑義を呈しているのである。続けて西川はこう述べている。

それから、もう一つ付け加えるならば、「個の自立」ということですが、それはそれで一つのイデオロギー的なフィクションに取り込まれてしまうのではないか、という不安があります。アイデンティティという概念は、歴史的に見ると結局ネイション形成の動きのなかで作られる。ナショナル・アイデンティティは（精神分析的な）いわゆるアイデンティティに先行するというのが僕の発見です。自我とか個という概念の形成の歴史をたどってみると、それはネイションあるいはナショナル・アイデンティティと一体のものではないかと思います。ですから、「個の自立」というときはよほど注意しないと、また違う形で国家に回収されていくことにもなりかねないと思います。（『植民地主義の時代を生きて』三六一頁）

この議論では、自我や個という概念の形成はネイションあるいはナショナル・アイデンティティと一体のものだから、「個の自立」を言うときには注意すべきであって、そうでないと、国家というナショナルなものに回収されてしまう危険性があるという注意喚起なのだが、本書では逆の見解となってしまっている。西川論文では「個」が国家や民族に回収されずにそれを克服する方途が探られているのに対して、本書では「個」とナショナルなものが一体でないと破綻してしまうという理解で、これでは西川論文の本質的な意味合いとはまったく逆のことになってしまう。著者の金鶴泳理解は、在日朝鮮人である自らのアイデンティティを探究しながらも「民族」に溶かし込むことをしなかったと捉えていて、これは西川論文の趣旨に添っているのに、ここでの引用はやや筆がすべったようだ。

著者沢部清さんのこと

年若い院生たちに混じって

本書の著者である沢部清さんは、私の大学院ゼミのゼミ生であった。「あった」と過去形で言うのは、沢部さんが二〇二四年七月十五日に急逝《きゅうせい》されたためである。

七月十九日の朝、朝刊の訃報《ふほう》欄を見ていて我が目を疑うほどに驚いたことは忘れることができない。「沢部清さん（さわべ・きよし＝元電源開発〈Jパワー〉会長）15日死去、77歳。葬儀は（以下略）」という記事を見たとき、しばらく欠席が続いていたご病状について、それが思いのほか重篤《じゅうとく》であったことにまるで気づかず、自分の迂闊《うかつ》さを突きつけられて地団駄《じだんだ》を踏むような気持ちだった。すぐに大学事務など関係各所に連絡し、二十一日の告別式にはゼミ生たちとともに列席させていただいた。祭壇には多くの献花が供えられていたが、それらは政財界からのものがほとんどであり、すべての全国紙訃報欄に載るのだから、生前の沢部さんの社会的地位の高さがうかがえた。

日本を代表する有数の企業で会長職にまで上り詰めた財界人が、なぜ在日朝鮮人文学を研究対象に選んだのか。

私が沢部さんから初めて手紙をいただいたのは、二〇一七年三月のことであった。——自分は社会人生活を終わりかけている人間だが、並行して昨年度まで宇都宮大学大学院修士課程で在日朝鮮人文学の研究を行った。だが、宇都宮大学大学院は国際学研究科であったために、文学研究としては不十分だった。そこでもう一度、文学研究として明治大学で学びたい。——このような内容の手紙をいただいて、三月下旬に面談した。明治大学のある駿河台《するがだい》まで来ていただいて研究への問題意識や興味関心をうかがったり、大学院での授業内容について質問を受けたりしたが、沢部さんは、私が在日朝鮮人文学について論じた論文をご存じで、それが理由で明治大学で学びたいということだった。そのような経緯で、四月から私の担当する学部授業を聴講することとなったのである。このとき沢部さんは七十歳という年齢だった。

明治大学大学院文学研究科には、社会人入試という制度がない。社会人もほかの受験生とともに入学試験を受けなければならない。沢部さんは、当初、社会人入学があるものと思い込まれていたようだが、それがないと分かると、日本文学史の勉強に取り組んで博士前期課程に見事合格された。英語は勉強などせずにいても、それまで培った実力で高得点がとれたようだ。

ちなみに、沢部さんは英語だけでなく韓国語やフランス語にも堪能で、いつだったか、授業で教室に入っていくと、当時交換留学でフランスから来ていた留学生とフランス語で談笑している場面に出くわしたことがある。沢部さんが言うには、仕事でかつてフランスに滞在していたことがあったのだが、滞在中にお世話になった方が亡くなられてお悔やみを送る、その表現についてネイティブのフランス人留学生に尋ねていたのだ、ということだった。韓国語や韓国文化についても造詣《ぞうけい》が深く、深くて豊かな教養の厚みを感じた。

年若い院生たちに混じって受講されるゼミでの発言も、多くは語らないながらも、人生経験に裏打ちされた内容で重みがあった。それも、よくある経営者タイプの年配男性が押しつけがましく発言するのとは異なり、穏やかで、しかし核心は外さないコメントだった。何よりもリタイアしたあとで好きな研究を続けるという姿勢に院生たちは刺激を受けていたと思う。勉強することは、若い学生時代に限ったことではなく、生涯のテーマとして学び続けるということをまさに体現されていて、院生たちによい影響を与えていた。

業績づくりのために論文を書かなければならないという制約もなく、ゆったりと自分のペースで研究を続けるという姿勢は、本来あるべき研究への取り組み方のように見えた。文学館や美術館の見学、演劇鑑賞など学外でのゼミ活動にも積極的に参加してくださり、教員の私のほうが助けられていた面が多々あった。

学生時代から持ち続けた問題意識

二〇一八年四月に明治大学大学院文学研究科博士前期課程に入学されたあとは、三年かけて本書のもとになった修士論文を完成させ、二〇二一年四月には博士後期課程に入学。引き続き研究に取り組んでいた矢先の急逝だった。コロナ禍のオンライン授業のあと、対面授業となったものの、二〇二三年秋学期途中から肺炎で入院されて欠席が続いていたが、二〇二四年春学期には復帰されて、私どもも喜んでいた。二〇二四年三月十三日に今後の研究計画について面談したさい、今後は木下《きのした》順二《じゅんじ》をテーマにしたいとも言われていた。しかし、五月からは再度欠席となり、メールでのやりとりでは復帰を望まれていたので、ご逝去はまことに残念でならない。

沢部さんは、金鶴泳文学の研究を進めるほか、並行して在日朝鮮人文学の女性作家についての研究も進めていた。演習では「李良枝の小説『ナビ・タリョン』から『由熙（ユヒ）』にみるアイデンティティの課題——金鶴泳の場合と対比しつつ」、「鷺沢萠のアイデンティティの探求」、「深沢夏衣　小説『夜の子供』と帰化の問題」といったタイトルで発表し、在日朝鮮人女性作家のアイデンティティ問題について考察を深めていた。民族や祖国の問題をテーマとした在日一世の作家たちと、アイデンティティの問題をテーマとした二世や三世の女性作家たちとの橋渡しの役割を金鶴泳は担ったのだという本書の指摘はきわめて重要である。

金鶴泳がほかの在日作家たちとは違って、声高に訴えることはせずに「同胞への愛、民族への愛、そして家族への愛」を持とうとしていたこと、孤独のなかでの困難を投げ出さず真摯《しんし》に向かおうとすること、「個」としての在日朝鮮人である自らのアイデンティティを追求しながらも「民族」に溶かし込むことはしなかったことなどが、沢部さんが金鶴泳に引かれた理由のようである（終章）。「民族」に溶かし込んでいくということは、結局のところナショナルなものに回帰していくということであろう。金鶴泳がそのような道を通らなかったところに、沢部さんは着目していた。

修士論文をまとめたあとは、それぞれの章で論じた作品を再度取り上げて論述を練り直していたが、その一例が補遺として収録されている「小説『錯迷』と国籍の変更」である。大学紀要の『明治大学日本文学』第四十七号に掲載となり、現在、明治大学機関リポジトリでウェブ上にて読むことができる。

最後にいただいたメールには次のように書かれていた。ご遺族の了解を得て引用させていただく。二〇二四年五月二十四日のメールである。

先日のメールでちゃんとご連絡しておりませんでしたが、この先の授業もしばらくは欠席させていただきたく、よろしくお願いいたします。

また、8月の合宿も楽しそうでまようところでありますが、その頃の体調も見通せず、間際になって決めては、かえってご迷惑をおかけすることになると考えると、今から欠席の扱いをしていただいた方がいいと思うようになりました。いろいろ申し訳ございません。

先日来、韓国の小説家ハン・ガンの『別れを告げない』を読み始めました。この作家の先の『少年が来る』にしてもそうですが、こんな若い世代が、1948年の済州島事件を小説にして、しかもそれが国民の間でヒットするということは、やはり日本との歴史教育の違いということなのでしょうか、日本の特に若者の、底の浅さがますます露呈されているような気がいたします。

八月下旬にゼミ合宿を行うため出欠確認のメールをお送りしたところ、このような返信をいただいたのだったが、この文面からは沢部さんが光州事件を描いた『少年が来る』、済州島四・三事件を描いた『別れを告げない』など、ハン・ガンの作品に注目していたことが分かる。沢部さんはハン・ガンがノーベル文学賞を受賞したことを知らないまま旅立たれたけれども、このニュースを知ったら何と言われたであろうか。ハン・ガンの文学に着目していたのはまさに慧眼《けいがん》であった。

そして、韓国でハン・ガンが読まれていることについては、日本と韓国との歴史教育の違いによると考えていたようだ。歴史教育が不十分な日本のことは、先述した、日本社会におけるマイノリティを素通りしていく鈍感さを鋭く指摘していたことが思い合わされる。浅薄な歴史認識では、過去を知らないまま傲慢《ごうまん》になってしまうということについて沢部さんは警鐘《けいしょう》を鳴らしていたのである。

沢部さんは、学生時代から日本の原罪のひとつとしての在日朝鮮人問題に感じていた「後ろめたいようなもやもや感」（終章）を流してしまうことなく、会社生活を終えてその宿題を考え続けようとされていた。一九四六年生まれである沢部さんの学生時代は、一九六〇年代である。大学卒業のころが、ちょうど世界的にも大きなうねりとなったスチューデント・パワーの一九六八年ごろであろう。政治と文学が大きなテーマであったその時代、当時の知識人が持っていた近代日本における功罪の「罪」の部分――それは、侵略戦争であり植民地支配であり差別問題であり格差問題などであった――を見極めながら、それを自分の生き方や思想に反映させて思索を深めていく姿勢を、沢部さんの研究にも見出すことができると思う。そんなことは一言も語られなかったけれども、私は沢部さんの論文の背後に、今はなくなってしまったそのような一九六〇年代における知識人の姿勢を垣《かい》間《ま》見る。

学生時代から持ち続けた問題意識が修士論文にまとめられ、博士後期課程においても継続して考えようとされていた。その成果が本書に結実したことを喜びたい。

（二〇二四年十二月二十日）

付記　本解説の「日本語文学としての在日朝鮮人文学」は、拙文「在日朝鮮人作家の日本語文学」（郭南燕《かくなんえん》編『バイリンガルな日本語文学』三元社、二〇一三年）と内容的に一部重なる部分があることをお断りしておく。

竹内栄美子（たけうち・えみこ）　明治大学文学部教授、博士（人文科学）。
専門は日本近代文学。沢部清の修士論文指導教員。

あとがきに代えて

信田さよ子

この一冊はお読みになった方々の関心によって多様な読み方ができると思う。

著者の経歴を見て、大企業のトップまで務めたひとが定年後このような研究を成したことに驚き、手に取ってくれるかもしれない。また高齢化社会における生き方のひとつとして、七十代後半まで大学院で研究活動を続け、その成果を論文化し、さらに単行本化する可能性に共感するひともいるだろう。もうひとつ、これはいささか傲慢《ごうまん》過ぎる推測だが、著者が私（信田さよ子）の夫であることが本書を読む動機となる人もいるかもしれない。

どのような関心であれ、それはそれで著者である沢部清は苦笑してくれるのではないか。

食道ガン手術

二〇二四年七月十五日、沢部清（以後、沢部と略す）は亡くなった。七十七歳だった。

二〇〇八年、六十二歳のときに食道ガンの手術をしたのだが、術後の経過が思わしくなくＩＣＵ（集中治療室）に三か月も入ることになった。危篤《きとく》状態に陥ったときは、私も、二人の子どもも、死を覚悟したほどだった。ＩＣＵでの面会は独特な緊迫感をもたらすので、がん研究会有明病院のあるりんかい線の「国際展示場」という駅は、私にとってしばらくはトラウマ的な場所であった。入院したときは六月だったのに、退院するときは木枯《こが》らしの吹く晩秋だったことを覚えている。当の本人は、ＩＣＵに入っている期間の記憶がほとんどなかったようだが。

ガン発覚の前後に会社でどのようなことが起きていたのか、ガン手術に伴う不在が会社での立場にどのように影響したのか。沢部がそれらを語ることはなかったし、私も聞いたことはない。

夫婦のあり方にはさまざまなバラエティがあるが、私たちは自分の仕事に関して、互いに話題にすることはほとんどなかった。少なくとも、子どもたちの前で仕事のグチを話すことは皆無だった。そのように申し合わせをしたわけではないが、たぶんそこには私たちが同じ高校の同級生として出会っていることが影響している。

競合的関係の出発点

二者関係のパターンには「競合的」と「相補的」があると言われる。ここには支配・従属という視点はなく、あくまで平面的で対等な関係が前提とされていることは注意すべきだが、間違いなく、私たち二人は競合的だった。互いに頭脳明晰《めいせき》な相手を好むという共通点も、競合的であることを促進していたと思う。

一九六四年、県立岐阜高校の三年時、二人は同じクラスになった。夫は一八〇センチの長身で痩軀《そうく》、坊主頭に古びた制服（兄からのおさがり）を着ていたが、抜群に成績がよかった。五百人定員の岐阜高校は、当時（昭和三十年代）女子対男子が暗黙のうちに一対四の割合と決められていたようだ。男子クラスが六つ、男女クラスが四つという編成だ。令和の現在は男女同数になっているが、当時百人しか合格できなかったのだから、岐阜高校の女子はかなり優秀だったはずだ。

三年の初めにクラスで委員長の選挙が行われるのだが、なぜか委員長に私が、副委員長には沢部が選ばれた。このようにそもそもの出会いから、競い合いながら最後は沢部がタッチの差で勝つというポジションが定着していた気がする。夫は五百人中でも成績はトップクラスで、東京大学文科Ⅱ類に現役合格、私はお茶の水女子大学文教育学部哲学科（当時）に合格し、二人とも東京で学生生活を送ることになった。

一九六〇年代末の学生時代

東大駒場寮《こまば》に入った沢部は、仕送りゼロの学生生活を送った。奨学金受給と寮生活、加えて家庭教師のアルバイトをすれば、じゅうぶん東京で暮らすことができたのである。いっぽうの私は、文京区のお茶大生だけの下宿（アパート）に入り、親からの仕送りで生活していた。ズボンのポケットに穴が開いていて小銭を落としてしまった夫からSOSの電話がかかり、慌ててお金を持って都電の駅まで駆け付けたこともあった。

今は壊されて跡形もない駒場寮にも何度も遊びに行った。当時の学生寮はすべて自治寮で、令和の時代からは想像できないほど個性的で型破りな男性たちが、薄暗く独特の臭《にお》いのする部屋で暮らしていた。全国の学生運動の総本山でもあった駒場寮では、日本共産党・民青《みんせい》系と反代々木《はんよよぎ》系との暗黙の対立が起きていた。夫はセツルメントのサークルに入っており、民青活動にも加わっていた。

本郷《ほんごう》の経済学部に進学した夫は、演劇に関心を持ち、中でも木下順二《きのしたじゅんじ》に傾倒していた。二人で劇団民藝《みんげい》や俳優座の演劇を頻繁《ひんぱん》に観に行ったものである。

大学四年のある日、地下鉄本郷三丁目駅の近くの喫茶店「麦」（今も健在である）でコーヒーを飲んでいるときに、唐突に沢部が言った。

「ぼくは小説を書きたいんだよね」

驚いた私は、即座に応《こた》えた。

「小説を書くような、不幸なひとはいやです」

……

そのやりとりはそれほど深刻にならないままに終わったが、おそらく沢部の小説を書くことへの願いはずっと途切れることなく最後まで残り続けていたと思う。

就職と大学院

東大の経済学部の卒論のテーマは、「木下順二」であった。たぶん異色のテーマだったろう。指導教官が大塚久雄《おおつかひさお》の一番弟子と言われた人で、学生に対して寛容だったのかもしれない。当時の卒論は手書きが条件だったので、半分以上の清書を手伝った記憶がある。内容はうろ覚えだが、ニューディール政策と木下順二をつなげて論じたものだった。その後も木下順二作品への思い入れは深く、上演されたほとんどの作品を観ていたと思う。なかでも「子午線《しごせん》の祀《まつ》り」は、二〇二一年の再演も含めて何度も観ているはずだ。死後、明治大学大学院での指導教員である竹内栄美子先生から、「次のテーマは木下順二に」と語っていたことを聞き、そうだったのか、最後は木下順二に回帰しようとしていたのかという感慨を覚えた。

お茶の水女子大学の哲学科を卒業した私は、岐阜に一年間戻り臨床心理学系の大学院受験の準備に励んだ。沢部は電源開発株式会社（J-POWER）に就職し、社会人となった。私は児童学と教育学の大学院を別々に受験し両方とも合格できたのだが、その発表を仕事を休んでわざわざ見に行ってくれたのも沢部である。

夫は死ぬまで決して弱音を吐かない人だったが、経済的に許せば、おそらく自分が大学院に行きたかったのだと思う。定年退職後に大学院を受験したいと聞いたとき、ああ、長年の夢を叶《かな》えるつもりなのかと思った。

ちなみに、本書のテーマである金鶴泳に最初に注目したのは私である。

現在に至るまで乱読の私だが、大学に入ってから芥川賞はもちろん、めぼしい文芸作品や文芸誌はすべて読み漁《あさ》っていた。そんな中でもっとも印象に残ったのが、一九六六年文《ぶん》藝《げい》賞受賞作の『凍《こご》える口』だった。リノリウム、ストーブの明りという文中の言葉は今でも思い出すことができる。一九七〇年に結婚してから、何かの拍子に『凍える口』を読んだことがあるのかと尋ねた。怪訝《けげん》な顔で「何それ?」と応えた沢部に対して、「え〜、金鶴泳も知らないの?」と軽蔑《けいべつ》した口調で私は返した。

このような、いっぽうの知識不足を軽蔑するかのような競合的やりとりは、私たち夫婦では日常的だった。プライドを傷つけられただろう沢部が、その後金鶴泳をいつ読むことになったのかは知らない。それから四十年以上過ぎてから、修士論文のテーマに金鶴泳を選んだことを聞かされたのである。

こうして鍛えられた

振り返れば、沢部は私がやりたいと言ったことに対して一度も反対したことはなかった。就職も、三十代半ばの医学部受験も、四十九歳でカウンセリング機関を立ち上げるときも、いつも私の決断を承認した。世間的に見れば、理解あるすばらしい夫かもしれない。しかし、見方を変えれば、すべて夫に相談することなく決め、いくら反対されても最後は自分の思い通りにする私であることを、誰よりもよく知っていたからではないだろうか。

しばしば私は強い人間だと言われる。たしかに自分で考え、周囲にそれほど依存せずに物事を実行できるという自信はある。しかし、このような私になれたのは、沢部のおかげだといってもいい。本人にその自覚はないだろうが、私は鍛えられたと思っている。

結婚するまでの私は、ご多分に漏れずロマンティックラブイデオロギーにどっぷりつかっていたし、結婚後はすべてをシェアし、隠し事をせずに理解し合っていくものだと考えていた。今から思っても、頭でっかちなだけで実に素朴な女性だった。

忘れられない一言がある。結婚して間もなくのころ、日曜の午後に二人で買い物に出かけた。何かの拍子に街角で立ち止まった沢部がつくづくと言った。

「あなたは、世界は自分中心に回っていると思ってるんだね」

これまで言われたことのない言葉だった。今でもその瞬間の光景を覚えている。おそらく沢部にしてみれば、無邪気な（それは無神経と同じだ）私の言動につくづく閉口した上での発言だったと思う。

一九七〇年代半ば、二人の子どもが誕生してからは、夫婦関係に男女の性別役割分業が否応《いやおう》なく入り込んできた。当時の社会状況を考えれば、いたしかたないのかもしれないが、その不条理感と育児の孤独感は言いようのないものだった。仕事を失った私と、経済的支柱となった沢部との対比は残酷なまでの現実だった。私がフェミニズム関係の本を読むようになった原点はそこにあると思う。

仕事はほんの一部

一九八〇年代、隣家の住人である大学の先生から、「まるでカントのような人ですね」と言われたように、沢部はすべてを習慣化するひとだった。朝起きる時間、家を出る時間、自宅に戻る時間もほぼ決まっていた。

おそらくそれは、全精力を仕事に費やすことを防ごうとするためだったろう。どれほど遅く帰宅しても、必ず大学時代から愛用している小さな机に向かって「勉強する」ことを欠かさなかった。読書に加え、おそらく小説も書き続けていたと思う。

社宅に入ることを拒否し、会社の付き合いと私生活をはっきりと区別し、残業を極力しないという夫の姿勢は、当時は珍しかっただろう。「ゴルフをしたら離婚する」という私の宣言は、「並のサラリーマンなんかになったら承知しない」という意志の表れだった。

おそらく学生運動やマルクス主義の影響もあり、仕事に搾取《さくしゅ》されつくされないこと、仕事なんて人生のほんの一部だ、という二人の共通合意がそこにはあった。

先に書いた、お互いの仕事に関してほとんど話さなかった理由は、このような姿勢が影響しているだろう。仕事もしながら、夜は自分だけの時間を欠かさない、しかも仕事が飛びぬけてできる、そんな沢部を私は尊敬し誇りに思っていた。そして、同世代ではほんの一握りでしかない、仕事と育児を両立させる「並の女性の生き方なんかしない」妻の存在は、沢部にとってもそれなりに意味があったと思う。

退職後の大学院

修士論文で金鶴泳を選んだのはなぜなのか。もちろん本文中には一九九五年以降在日の文学者の作品に触れたのがきっかけであると書かれているが、それだけではないだろう。二十代のときは看過《かんか》していた『凍える口』を、四十年後仕事から解放され、念願の大学院に入ってからのテーマとして選んだこと。その背後には、論文中に数度登場する金鶴泳の「また裂き状態」への深い共感があったのではなかったか。

三十代のころ、木下順二やギリシャ悲劇に加えて、沢部が愛読していたのが森有正《もりありまさ》だった。日本とパリとの間をさまよい続けるような独特な文体は、当時の私にはさっぱり理解できなかったが。そのころから、また裂き状態という言葉を沢部は好んで口にするようになったので、背後に森有正の影響もあったのではないかと思う。

今ある状態に一〇〇パーセント注力することを避ける、複数の、時には相反する状況に身を置きながら、引き裂かれそうになりながらなんとかバランスを取って生きること。おそらく沢部にとって、会社員として働きながら、家族の一員として責任を果たし、毎夜必ず原稿用紙に向かい、何冊かの本を読むことを課す。それは一種のまた裂き状態を生きることだったのかもしれない。

在日朝鮮人であり、吃音《きつおん》者であり、作家であること。暴力的な父への憎悪と彼への経済的依存、北と南のはざま、アルコールへの深い依存など、いくつものまた裂き状態が生々しく浮かび上がる本書の構成はすばらしいが、沢部自身のそれと、どこか共鳴するものを感じるのだ。

山荘のロッキングチェア

二〇二三年の夏の夜、長野県に設けたささやかな山荘の居間で、ロッキングチェアを揺らしながら沢部は言った。

「相談があるんだけど。明治大学の博士課程、どうしようかと思って」

知り合ってから長い歳月が過ぎたが、沢部のほうから相談したいなどと言われたことはなかった。

「博士課程に進学したとしてもこれ以上新しいテーマはない、新たなテーマを探すほどのエネルギーがもう自分にはない」

そう語る沢部に内心で驚きながら、わざと元気よく尋ねた。

「大学以外に何か自分でやりたいことはないの?」

「残念だけど、大学に行く以外に何もないんだよ」

こんな弱音を吐くなんて、と軽いショックを受けた。

「だめじゃないそれでは。コミュニティの中に自分の居場所を作らなくっちゃ。韓国語のサークルのお友達はどうなったの?」「あなたの論文にはジェンダー的視点が少ない。朴裕河(パク・ユハ)さんの本をどこまで読んでるのかしら」

例によって私は、じつに競合的な言葉を浴びせたのだった。たぶん私からそう言われること、叱咤《しった》激励されることを知りながら、沢部は私に尋ねたのだろう。二〇二四年になってからも、明治大学にはギリギリの体力をふりしぼって通ったのである。

振り返れば、二〇二〇年、コロナ禍で外出を控えるようになってから、目に見えて沢部の体力は衰えていった。冬になると肺炎で入院するようになり、二〇二四年の五月にも肺炎で入院した。

告別式でお会いした竹内先生から、沢部が次は木下順二をテーマにしたいと語っていたと聞いたとき、少しだけ安堵《あんど》した。新しいテーマを見つけ、それに向けて「勉強」をしようと思いながら亡くなったのだ、最後まで、沢部清らしかった、そう思えたからだ。

リスペクトと誇り

夫婦の関係のあり方はさまざまだ。カウンセラーとしてそれこそ無数のかたちやあり方を見聞きしてきた。

ひるがえってみれば、沢部と私は徹底して競合的でありつづけ、競合的なままで終わったと言える。相手を誉《ほ》めたり、誉められたりすることは数えるほどしかなかった。夫婦でだらしなく酒を飲み、グチを言い合うなどということは一度もなかった。もしも、そのような夫婦関係であったなら、今の私は存在しないだろう。何冊も本を書くエネルギーなど出てこなかったと思う。

私にとって沢部は、わかりやすい依存の対象ではなく、闘い競い合う対象だった。でもそれだけではない。直接伝えることのないまま亡くなってしまったが、心よりのリスペクトの対象であり、私の誇りであったことは間違いない。

企業人・経済人を見回しても、沢部ほどの教養と広い視野を持つひとはいないと思う。あれだけの社会的達成を遂げながら、なお学生時代の原点にこだわり続け、研究に打ちこんだ姿勢には心よりの敬意を払いたい。

あとがきは通常、著者が書くものだが、故人に代わって配偶者である私がこれまでの経緯を記すことであとがきに代えたい。本書が多くの皆様にお読みいただけることを心より望んでいる。

最後になりましたが、故人の大学院での研究指導に携わっていただき、さらにすばらしい解説文をお寄せいただいた明治大学大学院の竹内栄美子先生に心よりの御礼を申し上げます。また、論文がこのような一冊になることを故人は想像もしなかったと思われますが、実現の運びとなったのはすべてdZEROの松戸さち子さんのおかげです。
本当にありがとうございました。

（二〇二五年一月五日、被災地の能登豪雪の報に心痛めながら）

信田さよ子（のぶた・さよこ）　公認心理師、臨床心理士、（公社）日本公認心理師協会会長。原宿カウンセリングセンター顧問。沢部清の配偶者。

［初出と発表年］

＊はじめに……明治大学修士学位請求論文要旨、二〇二一年

＊序章・第一部・第二部・第三部・終章……明治大学大学院修士論文「在日朝鮮人作家金鶴泳の文学と思想の遍歴」、二〇二一年

＊補遺……「金鶴泳論――小説『錯迷』から見る国籍の変更」『明治大学日本文学』第四十七号、明治大学日本文学研究会、二〇二三年三月

＊解説（竹内栄美子）……書き下ろし

＊あとがきに代えて（信田さよ子）……書き下ろし

［著者略歴］

1946年、岐阜県に生まれる。東京大学経済学部を卒業後、エネルギー関連企業に就職する。同社代表取締役会長を務めたのちに退職し、在日朝鮮人文学の研究を志して宇都宮大学大学院へ。同大学院修士課程修了後、明治大学大学院文学研究科日本文学専攻に入学し、研究を継続する。2024年、同大学院博士後期課程在学中に永眠。

在《ざい》日《にち》朝《ちょう》鮮《せん》人《じん》作《さっ》家《か》 金《きん》鶴《かく》泳《えい》の文《ぶん》学《がく》と思《し》想《そう》

著者 沢《さわ》部《べ》 清《きよし》

2025年2月21日　第1刷発行

装丁 鈴木成一デザイン室

カバー写真 共同通信社

発行者 松戸さち子

発行所 株式会社dZERO
http://www.dze.ro/
千葉県千葉市若葉区都賀1-2-5 〒264-0025
TEL: 043-376-7396 FAX: 043-231-7067
Email: info@dze.ro

本文DTP 株式会社トライ

印刷・製本 モリモト印刷株式会社

落丁本・乱丁本は購入書店を明記の上､小社までお送りください。
送料は小社負担にてお取り替えいたします。
価格はカバーに表示しています。
978-4-907623-77-7